ポンコツ扱いされて
仕事をクビになったら
会社は立ち行かなくなり
元カノが詰んだ

猫カレー
ฅ^•ω•^ฅ

目次

Ch1. まさか俺が会社をクビになるとは 3
Ch2. 俺の新しい生活とは 18
Ch3. 高鳥さんのお父様の帰宅とは 79
Ch4. 終わりの始まりとは 109
Ch5. 俺たちの答え合わせとは 138
エピローグ その後の会社とは 151
幸せな朝 ―書籍購入特典書下ろし― 162

Ch 1. まさか俺が会社をクビになるとは

「狭間新太《はざまあらた》さん！　やっと見つけました！」

全てを失った俺が、近所のスーパーの弁当売り場で途方に暮れているとき、自分の名前が呼ばれた。顔をあげるとそこには髪の長い美少女ＪＫが立っていた。見慣れない姿だったものの俺は彼女に心当たりがあった。

彼女を見て、俺は昨日の会社であったことを思い出していた。

＊＊＊

目の前には専務、山本裕子専務がいた。

外回りの仕事を終え昼に会社に帰ってきた俺を呼びつけ彼女は通告した。

「狭間新太、あなたはクビよ」

どういうことなのか⁉　「会社の害になっている」とも言われた。ずっと真面目に働いてきた俺がクビになるなんて。高校卒業して10年勤めあげた会社にポンコツ判定されてしまったらしい。何が悪かったのか。

俺の勤める会社、株式会社森羅万象青果は野菜の仲卸という割と珍しい業種だ。青果市場や他の仲買人《なかがいにん》、生産者から野菜を仕入れて、ホテルや料亭、個人店、場合によっては青果店などにも野菜を卸している。会社が競り落とした野菜を保冷車に積んで担当のお客さんのところに運ぶ、これが俺の仕事だ。

ただ運ぶだけではなく、料理人は日々新しい食材を探しているから季節の野菜や、目新しい野菜、人気の野菜を提案することもある。ホテルなんかでは急に大量の食材が必要になることもある。普通に集めても集まらないような数をかき集めて何とかするのも俺たち仲卸の仕事だ。

予約しないと手に入らないような珍しい食材も電話一本で確保するのは俺たちだ。自社で競り落とした野菜で全てが賄えないことは日常茶飯事なので、他社との連携も必要。自社で売りさばけない野菜を他社に引き取ってもらう場合も連携は重要なのだ。

俺は今の会社に10年勤めていることもあって、他の会社の人とも連絡を取っていた。中にはそれが面倒だということで、他の同僚の連絡係もやっていた。伝票だって他の人の分も書いてあげてたし、取引先との関係も良好だ。それなのにどうして⁉

「狭間新太、あなたはクビよ。懲戒解雇だから明日から会社に来ないで」

狭間新太……間違いなく俺の名前だ。

会社の事務所に戻ってきたときに、みんながいる前で言われた。ずっと勤めてきた会社だし、それなりに愛着もある。多少嫌な思いをしたこともあったけれど、こんな一方的に解雇されるなんて。視界がゆがみ倒れそうになるのを必死にこらえた。

「専務！　なぜですか!?　理由を教えてください！」

10歳年上の専務は女性。入社当時は色々と可愛がってもらったのに！　俺は若いからという理由だけで可愛がってもらっていた。デートにも連れて行ってもらった。

しかし今、目の前にいる彼女の眼は怒りに満ちている。

「しらばっくれるのもいい加減にしなさい！　あなた、不正に取引口座を作っていたし、横領もあるわよね！　刑事告訴も覚悟しておくことね！」

「そんな！　何かの間違いです！　ちゃんと調べてください！」

この瞬間、俺の長年に及ぶ片思いも完全に終わったのだった。倒れ込むように椅子に座った後、俺はどうやって家に帰り着いたのか覚えていなかった。

＊

朝になって、いつものアパートで目を覚ました。スマホのアラームは午前3時を示していた。いつも起きる時間だけど、そんな必要はもうなかったのに……目が覚めても悪夢は覚めてくれなかった。俺はクビになったのだ。

　高校を卒業してこの会社に就職してそろそろ10年になる。休みは少ないし、給料も少なかったけれど、一生懸命働いていた。それが突然クビになった。いま住んでいるワンルームのアパートも一応、社宅扱いになっていたから出ていかなければならなくなった。人生って恐ろしいなぁ。仕事がなくなった瞬間、家もなくなったし、お金もそんなに有り余っている訳じゃない。

　昔は少しの間だけいい感じだった専務……裕子さんとの関係も完全に断たれた。母子家庭だった俺は、母を早くに亡くしたので、頼れる身内ももういない。会社の人も頼れなさそうだし、割と詰んでるかも。仕事を失っただけで自殺を考える人の気持ちが今なら分かるかもしれない。

　職場のグループチャットはまだ生きていて、情報が流れ込んでくる。それが余計に痛い。


『狭間　突然クビとか何やったんだろうな⁉』

『横領とか使い込みとか言ってなかったっけ？』

『マジ終ってんな』

『悪いことするヤツはいなくなって当然だろ！』

『俺は信じてなかったけどね！』

＊＊＊

なんかひどいことを言われている……一緒に仕事していたときは、他の人の書類まで書いたり、他の会社との融通の連絡とか取りまとめまでやってたのに……こうして掌を反されると人間不信になりそうだ。俺は絶望して何もする気が起きないでいた。

そうは言っても腹は減る。昼をすぎた頃には腹の虫がぐー、と俺に空腹を伝えていた。人は絶望しても腹が減るらしい。フラフラと近所のスーパーに歩いて行った。

スーパーではついつい野菜売り場を見てしまう。鮮度はどうか、種類はどうか、価格はいくらなのか、売れ筋はなんだ。これはもう、職業病だな。その仕事もクビになったんだけどな。

14時ではまだ割引の弁当もお惣菜もない。人気の弁当も売れてしまっているだろうから、当たり障りのない弁当しか残っていないみたいだ。視界には弁当売り場が入っていたけど、俺の心には何も映っていなかった。食べたいものなんてないのだ。別にどれでもいい。目の前にあるものを適当に手にしたときだった。

「狭間新太さん！　やっと見つけました！」

ここで冒頭に戻る。俺が弁当売り場のショーケースから「野菜たっぷりちゃんぽん」を手に取ったとき、急に名前を呼ばれた。そこには、まるで予期しなかった人物が立っていた。

彼女は、……高鳥《たかとり》さやかさん。俺が勤めている……いや、勤めてた株式会社森羅万象青果のアル

野菜たっぷり
ちゃんぽん

バイト事務員の高島さんだった。彼女はまだ現役の高校生だったはず。会社では、ロングの髪の毛はいつも後ろで一つに縛ってあったし、事務員の制服を着ていて、メガネをかけていた。なんにせよ、こんな時間に、こんなところにいる人じゃない。

一瞬、分からなかったのは、今の姿が普段とあまりにも違っていたからだった。

まず、ロングの髪の毛は縛られておらず、そのままストレート。メガネはかけておらず、服は学校の制服だったのだ。たしか、市内の何とか言う頭のいい高校の制服だったはず。ブラウスとスカート、襟にはリボンがついている。スカートは年頃なのか短め。

「高島さん？　なんでここに？」

「狭間さんが急に会社クビになったって聞いて、飛んできました！」

たしかに、高校生アルバイトの彼女と仲卸の営業の俺では勤務時間が全然違う。

「なんでスーパー⁉」

会いに来てくれたとしても家じゃないの⁉　なんで真昼間のスーパーで会うんだよ⁉

「狭間さんの住所……知らなくて……でも、家の大体の場所は聞いたことがあったから」

そう言えば、普通の会話の中で家の場所を話したことがあるし、スーパーもちょくちょく行くことを話したことがある。それだけで俺を探し当てるなんて探偵みたいな子だな。なんにせよ、会いに来てくれたのは素直に嬉しい。ただ、高校生にまで心配される今の状況が情けない。

「来てくれてありがとね。心配かけてごめんね。なんとか元気だから。じゃあ」

簡単にお礼を言って分かれることにしよう。わざわざ来てくれたのは家が近かったのかな？

「私、絶対おかしいと思います！　狭間さん悪くないです！」

あぁ、そうか。若いときの独特の正義感か。たしかに、君の言っていることは正しい。ただ、世の中には、正しくなくても通ることが往々としてあるのだよ。数学や物理のように答えは一つではないし、求めても答えは出てこない。そもそも正解だってあるのか分からないのが世の中なんだ。

「狭間さん！　うちに来ませんか⁉」

「は⁉」

「会社クビになって、アパートも一週間で出ないといけないって聞いて……それなら、うちに来ませんか⁉」

俺は、その「一週間って話」を今ここで初めて聞いたよ……

狭間新太28歳。高鳥さやかさん18歳。彼女からしたら、俺はきっと「おじさん」だろう。だって、歳は10個も違う。

彼女は会社の中で人気みたいだった。会社は、20代、30代が多くて、そんな中、彼女は10代。しかも高校生。物珍しさもある。しかも、可愛いんだ！　ちょっと意地悪そうな顔をしてるから、俺は苦手に思ってたけど、とにかく人気があった。

彼女に人気があるのは、容姿が優れているだけではないのだろう。人付き合いもきちんとしているということ。会社では、ほとんど話したことすらなかった俺にまで会いに来てくれたということか。

でも、それ逆の立場だったらストーカーだから。事案だから。俺だったら捕まっちゃうから。ただ、彼女に見習うべきところもあるなぁ、と反省もした。だって、俺は会社をクビになるような男だから。

「狭間さん！　私はずっと狭間さんは優秀な方だと目を付けてました！」

微妙に上からなんだけど、これも若さゆえ。彼女に悪気などないのだ。ＪＫに認められておっさん嬉しいよ。

「ぜひ、うちに来てください！」

「うちって……」

もしかして、彼女は大企業のご令嬢で、彼女のお父さんの経営する会社への引抜き的な意味で「うちにきませんか」ってことは……

「狭間さん住むところがなくなると思って……」

やっぱり、そんな夢物語はないですよねー。彼女は親切心、同情心で言ってくれている。やんわりお断りして、次のことを考えよう……こんな、高校生にまで心配かけている俺って本当にダメな大人だな。

「狭間さん、ここじゃなんですから、場所を変えて話ができませんか？　お願いします！」

俺は会社を突然クビになってやさぐれた自分の心をＪＫと話ができるというラッキーで少しでも慰めようと思ったのかもしれない。弁当を買うのをやめて、ファミレスに移動することにした。

＊＊＊

「何でも食べていいよ」

「え、でも……」

俺が失業者だからお金は大丈夫か、という事だろう。

「今日明日で食べていけなくなるほどじゃないからね。少々食べたって全然大丈夫だから、デザートまでいっていいよ」

そういうと表情が明るくなったのはやはり高校生だからか。ほほえましく感じてしまった。

高鳥さんは、こういった場に慣れていなかったのか、こちらをちらちら見ながら食べていた。ちゃんと最初に「まずは、食べようか」って言ったんだけどなぁ。食事の後、デザートを注文して、商品が届く前に彼女は待ちきれなかったのか、俺に「作戦」を話し始めた。

既に会社をクビになっている俺としては正直どうでもよかったけれど、彼女のキラキラした目を見てしまうと話くらいは聞いてみようと思ったのだった。

「多分、これから会社は大変なことが起こります」

「俺一人が辞めたくらいじゃ会社はどうにもならないよ」

「そんなの分からないじゃないですか！　一番多く書類を作ってたのは狭間さんでした！　クレーム対応もいつも狭間さんでした！」

「そりゃあ、俺が一番下っ端だったからだよ。俺がいなくなったら、他の人が代わりにやるよ」

「私、もうしばらくバイト辞めません！　本当は頭に来たから辞めようと思ったけど、内側から会社の情報を狭間さんに流します！　『ぎゃふん』と言わしてやりましょう！」

「ははは、ありがと」

正義感で言ってくれているんだろうけど、一歩間違えれば犯罪だ。ほどほどで諦めてくれないだろうか。

ただ、めんどくさい作業なので、すぐに飽きてくれるだろうと思っていた。

「俺ももうしばらくLINEのグループに入ったままにしておこうかと思ってさ。やっぱりちょっとは心配だし……ただ、辞めた会社の情報を知るっていうのは、悪用しないにしてもグレーだから、高鳥さんもほどほどにね」

「はい、私も悪用はしません。ただ、あの社長と専務に一泡吹かせてやろうと思っています！」

何か個人的な恨みでもあるのかな⁉　たしかに社長はワンマンだ。朝言ったことが、夕方には変わっていることもざらだ。同族経営で、専務は社長の娘という訳だ。専務も威圧的な傾向があって他人の意見を聞かない。

そんな専務も俺が入社したころはまだ20代で、18歳で入社した俺からしたらキラキラのお姉さんに見えた。入社直後は色々と面倒も見てもらったし、週末にデートもした。あのときのあの表情は俺に気があると思っていたんだけどなぁ。ただ、女性経験の浅い俺だから勘違いだったと言われれば、そうだったのかもしれない。俺的には付き合っていると思っていたのに……

「あと、うちに来ませんかというお誘いの件なのですが……」

「気づかいありがとう。でも、ご両親もびっくりするだろうし……」

「あ、ママはあちこち飛び回っているし、パパは単身赴任なので、家は私だけです。ちなみに、部屋も空いています」

「ええ⁉」

そっちの方が余計にまずいんだけど。

「まあ、とりあえず、うちを見てもらって、それから判断してもいいんじゃないでしょうか？」

「え？　いや、その……はい……」

お金が全くない訳じゃないけれど、何か月もホテル暮らしをする訳にもいかない。現実を前に甘えが出てしまった俺だった……。ああ、俺ってダメなやつだ。お世話になるつもりなんて全くないのだけど、「とりあえず家を見てから」という高鳥さんの誘惑に負けて、目の前のＪＫの家まで　のこのこやってきてしまった。

彼女の家は、意外にもうちから比較的近くて、歩いて20分くらいの一軒家だった。

ただね、広い！　これは一軒家と言っていいのだろうか。俺の感覚からしたらビルかマンションなんだけど。１階はガレージがあって高級車が並んでいる。彼女はまだ高校生だし、多分免許は持っていないはずだ。ご両親は、出張と単身赴任と言っていたし、乗らないのに置いているのだろうか。お金持ちの考えは分からない。玄関は２階にある。彼女の家は５階建てでエレベーターも付いている。個人の家にエレベーターがついているの初めて見た。

「いらっしゃいませー！　ここが私の家でーす！」

「高鳥さんの家ってお金持ちなんだね……」

「そうですか？　パパが色々と仕事をやっていて……」

これだけお金持ちだったら単身赴任なんかせずに家で暮らせばいいのに……そうもいかないのだろうか。高校生の娘を置いて行って不安などないのだろうか。悪い虫がついたり……例えば俺とかさ。

「あ、さっきデザートまでいただいてしまったんですけど、コーヒーくらい出しますね！」

高鳥さんは、2階のキッチンでコーヒーメーカーを使ってコーヒーを淹れてくれた。リビングも2階にあって通常時はエレベーターで上がるらしい。俺の常識と全く違う家だった。

リビングは50畳とかあるのかなぁ、とにかく広い。こんなにデカいテレビが置いてあるのも初めて見た。金持ちの家はテレビと風呂がデカいと勝手に思っていたけれど、テレビがデカい説は正解だったみたいだ。考えてみたら、これだけ家がお金持ちなのに、なぜ彼女はバイトなんかしているのか。謎が謎を呼ぶ感じだ。

リビングでは、革の大きなソファに案内され座った。出されたコーヒーは期待以上に美味しくて豆が良いのか、淹れ方が良いのか、その両方が良いのか、とにかくうまくてちょっと感動した。さっきのファミレスのコーヒーの味を楽々上回っている。

「狭間さんのお部屋は5階に準備しています。以前、お兄ちゃんが使っていた部屋なんですけど、机とかベッドとか、ちょっとした家電は置いて行ったので好きなのを使っていいですよ」

俺のアパートは、畳だったからベッドが置けなかったんだ！　ベッドあると助かる！　家電もあんまり置いていなかったので、使わせてもらえるものがあるのは本当に助かる。

いや、住まないよ？　仕事先のバイトのＪＫの家に住むわけないよ？　でも、条件はすごくよかった。

「じゃあ、早速　部屋を見てみますか！」

高鳥さんに案内されて部屋に行くことになった。当然 移動はエレベーター。５階でエレベーターの扉が開くと廊下があり、左右にドアがあった。なんかホントにビルみたい。

「ここです」

そう案内されたドアを開けて見ると、中にはワンルームマンションの部屋があった。部屋にキッチン、トイレ、風呂があるのだ。

「ここ、もうマンションじゃない！」

この一部屋だけでワンルームマンションとして十分成立していた。

「そうですね。パパはここを引っ越すことがあったらマンションとして貸そうと思ったみたいで、こんな感じです。ちなみに、隣の部屋は私の部屋です♪」

「いやっ、こんな豪華なところ、俺は住めないよ！　失業中だし予算オーバーだし」

「え？　お金なんて要りませんよ？　好きなだけ住んでください。どうせ部屋余ってますから」

「いやいやいやいや、それじゃ悪いし、第一 男女で住むなんて……」

「狭間さん、私に何かするつもりですか？」

彼女が　にやりといたずらっぽい笑いを浮かべる。

「いや、しないけども……」

「じゃあ、いいじゃないですか。男の人がいた方がセキュリティ的にも安心ですし」

俺はきみのセキュリティ意識が心配だよ……

結局、1週間後には今のアパートを追い出されるのだから、渡りに船というか、これ以上ない好条件というか、一時避難的に住まわせてもらうことにしてしまった。

Ch2. 俺の新しい生活とは

時間だけはたっぷりあるので、自分のアパートから高鳥さんの家まで荷物を運んだ。引っ越しだ。引っ越しとは言いながら、ほとんどの物が揃っているので荷物は服とパソコンくらい。服はそれほど多いという訳ではなくても、タンス一個分はあるのだから、それなりの量だ。それらを運ぶために高鳥さんの家の車をお借りしてしまった。レクサスってぼろい服を乗せても法律で咎められたりしないですよね？

ぎこちないながらも、高鳥さんの家での生活が始まった。彼女は毎朝2階のリビングで食事を取る。そして、あの家には住み込みの家政婦さんがいた。そりゃあ、一人であんな大きな家は管理できないよね。

朝食、夕食は家政婦さんが作ってくれる。掃除も家政婦さん。洗濯も家政婦さん。しかも、若くて無駄なくテキパキ働く家政婦さん。俺の出る幕が全くない。俺は何を期待されてここに呼ばれたのか……

＊

新しい生活になって数日、ようやく慣れ始めてきた矢先、会社での小さな異変を高鳥さんが伝えてくれた。

「狭間さん、今日は2つ話があります！」

リビングの椅子の方のテーブルに座って高島さんが言った。「椅子の方」とは、この部屋には2つのテーブルがあって、椅子がある背の高いテーブルと屋久杉的な大きな木を縦にスライスした様な天板のローテーブルがあるのだ。

ローテーブルの方は下にラグが敷かれていて、床に座ることもできるようになっていた。高島さんはもっぱら背の高い方のテーブルで生活をしているようだった。

「一つ目は、狭間さんの悪い噂が社内で流れ始めました」

会社を辞めた人は悪く言わないと今いる人が「良い人」になれないのだろうか。そんな会社は間違っていると思うのだけど……

「狭間さん、不正口座を開いたって言われてましたけど、心当たりありますか？」

「不正口座……あー、いわば『俺口座』があるわ。商品を社員が買うのは禁止だからうちの親がやってた八百屋名義で色々買ってたことかな」

会社対会社で取引するには、口座を開く必要がある。信用のおけるお客さんとしか取引をしない。そして、ある程度の量を買ってくれるとか、定期的に買ってくれるとか、条件がいくつかあるのだ。

俺は、実家の八百屋名義で取引口座を開いた。まあ、既に主を失って名前だけの八百屋だけどな。

手続きは正しくやったので、ここは問題ない。正規価格で売るという約束をして、会社にも話は通してある。

「え⁉　なんで自分で売ってるものを自分で買ってたんですか？」

「まぁ、色々あるけど、売れ残ったものを買ってうちで食べてたりとか……」

「え、それって定価ですか？　それとも社員価格？」

「野菜に定価はないから何とも言えないけど、ちゃんとお客さんに出す販売価格で買い取ってたよ？」

「それって別に悪くないんじゃないですか？」

「それでも、社員が自社の野菜を買うことは社内ルールで禁止されていたしね。黒じゃないけどグレーくらいかな？」

「それは、私的にはセーフです。では、もう一つの方の話です」

高鳥さんは、前のめりで話していたけど、俺の話を聞いて椅子に座りなおした。まあ、不正はしていないのでよしとしてもらっておこう。

「もう一つは、会社内でのトラブルです。狭間さんの担当エリアは一部を中野さんが回っているみたいなんですけど、高級レストランのシェフたちから試食はないのかと言われて、ないと答えたら野菜を買ってもらえなかったみたいです」

中野さんとは俺の1個上の男性先輩。入社時には色々教えてくれたけど、どうもプライドが高いみたいで本当の意味ではあまり仲良くなれなかった人だ。

「高級レストランのシェフは、見た目だけじゃなくて味で確かめたい人が多いからね。しかも、箱で持って行っても、トマト1個しか要らないとかよくあるんだよ」

「うちは1個売りとかしてませんもんね。卸しだし」

「そう。その代わり、新鮮だし、素性の知れた最高の品を届けることができる。だから、気に入った野菜は数倍の値段で買ってくれるんだ」

「へー、そんなニーズがあるんですね」

「ただ、会社的には決まった最低販売数量があるから、俺が一日買って、小分けにしてシェフに売ってたんだよ。全数売れる訳じゃないから一部は試食にしたり他に売ったりしてた」

「え⁉　じゃあ、それがさっきの不正口座ですか⁉」

「そうなるね。ただじゃ売れないから、売れる形にパッケージし直すための口座かな」

「余った野菜はどうなるんですか？」

「八百屋とか、スーパーとかに安く卸してた」

「それって売上はどうなんですか？」

「バラす前の野菜は適正価格で俺が買ってるし、その分の代金は当然支払うから会社的には損はないね」

「でも、八百屋さんとかスーパーに売ってたらうちの会社の機会損失になるんじゃ⁉」

「難しい言葉を知ってたね」

機会損失とは、俺が野菜を売ってしまうことでその八百屋やスーパーが野菜をそれ以上買う必要がなくなり、会社が本来売ろうとしていた野菜が売れなくなることをいう。

「この場合の八百屋やスーパーは、うちの価格では絶対買わないお客さんなんだ。開拓自体も自分でやった所だし、個人的に販売していることも話してるからそのお店に聞きに行っても店長とか仕入れ担当の人は何も言わないと思うよ？　その代わりかなり安く卸してたからね」

「それじゃあ、売れるのに売れない形にしかしていない会社の方が機会損失……」

機会損失好きだなぁ……。

うちの会社はワンマン社長が決めた売り方しかできない。一方、シェフたちは高いお金を出してでも最高の素材を手に入れたい。一握りの最高の素材以外は重要視されておらず、賄《まかない》に使われたり、酷いところでは余って捨てられていることもあるようだ。せっかくの野菜たちだから、俺は無駄にならないような形にして売ることを思いつき、できるだけクリーンにして販売しているという訳だ。

「中野さんはお客さんのところで大クレームな上に売れなくてギャーギャー言ってましたよ」

キシシと悪い顔でほくそ笑む高島さん。元々ちょっと意地悪な顔をしているから、こういう表情が似合うなぁ。

＊＊＊

「なんか　昨日は、中野さんがお客さんから『狭間チョイス』を持ってきてくれって言われて困ってましたね」

朝の時間、テーブルで高島さんがトーストをかじりながら話してくれた。パンを焼き、目玉焼きを作ったのは家政婦の東ケ崎《とうがさき》さん。家政婦と言っても若い。年齢的には高島さんのお姉さんってとこだろうか。

高島さんは、これから学校があるらしく制服を着ている。ああ、本当にJKなんだよな。

そして、俺はこのJKの家に住まわせてもらっているヒモ。最悪だな。社会の底辺の底辺だ。ニートも裸足で逃げ出すほど酷い立場だな、俺。

「何ですか？『狭間チョイス』って」

「うーん、俺って、高級店のシェフには数量を好きにしていい代わりに本来の販売価格より2倍から10倍の価格で商品を卸してたんだよ」

「え?! ちょっと引くんですけど」

「まあ、普通引くよね。でも、シェフとしては、10倍出してもいいほど欲しい商品は存在するんだよ。それはなんだと思う？」

「価値がある野菜？」

「まあ、そうだね。従来の野菜の価値に、更に価値を付ける必要がある。そういう付加価値ってどうやったら付くと思う？」

「え!? 野菜の価値を更に上げるってこと!?」

「そ、2倍から10倍で売るために」

「そんな魔法みたいなものってあるんですか⁉」

「あるね～。でも、意外とみんなやってない」

「え？　え？　早く持って行くとか？」

高鳥さんは、食べていたパンそっちのけで考え始めてしまった。

「それだと、店の件数が多くなると、遅くなるところが出てくるから全部のお店には使えないね」

「え⁉　全部のお店に使える方法なんですか⁉」

「そうだね。全部のお店に使えるね」

今度は、コーヒーを飲みながら考えている。朝の時間なんだけど、学校の時間大丈夫⁉　おじさん的には遅刻の方が気になるんだけど。

「……霧吹きで水をかけて新鮮に見せるとか？」

「うーん、悪くないけど、それはスーパーとか小売店の方法だね。それだとタマネギとかジャガイモには使えないしね。水をかけたら劣化が早くなるし」

「野菜も選ばないの⁉」

「全ての野菜に使えます。なんだったら、野菜以外にもなんでも使える方法」

「……こうさーん」

高鳥さんが両掌を肩くらいの高さに上げて、降参のジェスチャーをした。

「それは、『名前をつけること』だよ」

「え？　どういうことですか？」

「例えば、全てのお客さんには、お客さんに合った商品を勧めているわけだけど、担当によって何を勧めるのかは違うと思うんだ。よくお客さんのニーズを捉えている担当もいれば、自分が売りたいものを売っていく担当もいるだろう」

「お客さんの意図を外しているものを勧める人もいるでしょうね」

「そ。だから、『俺のおすすめ』には『狭間チョイス』って名前をつけたんだ」

「え？　それだけ？」

「そ。それだけ。でも、名前をつけることでそのサービスは確実に存在するようになる」

少しがっかりした表情の高鳥さん。これは実感がないからだろう。

「例えば、俺がこの家に来て初めてきみが淹れてくれたコーヒーだけど、単なる『コーヒー』だったら、それ以上でもそれ以下でもなかった。でも、『高鳥さんが俺のために淹れてくれたコーヒー』だったから、俺は特別美味しく感じたんだ。豆も良かったのかもしれないけど、心に残る旨さだった。それをそのまま名前にするんだよ。そしたら、そこに特別な価値が生まれるんだよ」

「っ！」

途端に真っ赤になる高鳥さん。理解してもらえただろうか俺の感謝のほどを。

「この『名前をつける』ってことは付加価値を付けることの第一歩なんだ」

彼女がいなければ、俺は今頃路上暮らしとまではいかないまでもネカフェ生活くらいはしていたのがリアルに想像できる。一番不安なときに手を差し伸べてくれたのは彼女だったのだ。

「わたっ！　私、学校行かないとっ！　ち、遅刻しちゃう！」

彼女は元気に学校に走って行った。の東ヶ崎さんが温かい目で見てくるんだけど、なんスか？　なんなんスか？　俺は居心地の悪さを感じて自室でパソコンを使って仕事を探すことにした。

＊＊＊

「狭間さん、会社は大口を取りこぼしているみたいですよ？」

今日は、高鳥さんが夕飯の時間に会社の近況を教えてくれた。

ちなみに、夕ご飯は豚の生姜焼き。家政婦さんも一緒のテーブルで食べるのがこの家のスタイルらしい。

「なんかホテルとか、大量に野菜が必要なところの分の野菜が集まらないみたいなんです」

ああ、そうか。俺たち仲卸は欲しいところに欲しいだけ野菜を届けるのが原則だ。ホテルなどは、急に大量の品物が必要になることがある。そんなときは、数社ある取引先の中から、全量を集められるところから買うことが多い。2か所、3か所で買えば揃うかもしれないけれど、事務手続きは数倍必要になるし、価格が揃わないと社内でなぜ高いところで買ったかなどツッコまれたり大変らしい。

そういう意味では、俺たちは他社とも協力する。商品を融通し合ったりするけれど、これは横のつながりが必要だ。日ごろから持ちつ持たれつ。あるときは、こちらが有利に融通してもらったり、またあるときは、相手に都合をつけたりする。自分たちが仕入れてない商品で、お客さんのニーズ的に価格が合わないときなど直接他社を紹介することもある。この場合、自社の利益は全くないし、手間の分 マイナスとも言える。それでも、お客さんは問題が解消できるのでいいし、他社の担当とも仲良くなれる。これは仲卸という業界特有ではないだろうか。ライバル会社とも協力するのだから。

ただ、人と人のコミュニケーションは段々希薄になってきている。最近では、他社の担当との連絡を嫌がるメンバーも多い。だから、いつの間にか俺が担当みたいになっていた。情報が来ないと商品を他社に融通することもできないし、自分のエリアで大口発注が出ても手持ちが足りないと売れない。つまり、オール・オア・ナッシング（全てか無か）の厳しい世界なのだ。

マズイなぁ。大口発注は売上が伸びるチャンスなので、それを落とし始めると数字が落ちていく。

「気はすすまないけど……困ってるかもしれないから、担当の中野さんに連絡してみるか……」

食事が終わった頃、中野さんがまだ寝ていない時間を狙って電話をしてみた。

『お、狭間か！　お前失業中らしいな。その年でニートとかウケる。あ、これって「ざまぁ」ってやつ？　給料泥棒は俺たちの分の利益も食いつぶしてたわけだからな』

……LINEのグループチャットを見て、俺がめちゃくちゃ悪く言われているのは知っていた。

退職後、益々悪く言われているのも知っているけど、直接言われるとショックも大きい。

「頑張ってください」

それだけ言って、通話を終了した。

「声が漏れ聞こえていたんですけど、中野さん酷くないですか⁉」

俺の代わりに高鳥さんが怒ってくれている。

中野さんのエリアでの大口発注のときなんか、商品はみんなで集めても、売上は中野さんにあげてたのになぁ。会社の方は、気持ちが離れてしまったので、俺はもう1件の方の対応をすることにした。

食後、大きな革張りのソファに座って、壁の大画面テレビで番組を見ていた。見てはいるけど、内容は全く入ってこない。会社の心配をして電話をしたのにバカにされてしまった。これは自分で思っている以上にショックだったようだ。そもそも急な解雇だったので引継ぎなど全然できてなかった。それでいいのか⁉　会社の方は。大きな画面では、お笑い番組で軽快なコントが放送されているけど、俺の気持ちは重たいままだった。

「さっきの電話ですか？」

高鳥さんが、俺の前にコーヒーを置いてくれた。

「ありがと。親切のつもりだったんだけど、後輩の俺がアドバイスとか思い上がっていたのかな……」

「そんなことはありません！　狭間さんは売上1位ってわけじゃないけど、書類の量は一番多かったです！　他の人の書類まで書いてあげてませんでしたか⁉　事務なら誰が書いた書類か字で分かるんですよ」

うちの会社は今どき書類が手書きだった。たしかに筆跡で誰が書いた書類か分かるかも。思えば、エリアで起きた大口受注はエリアの担当者が上げるみたいな流れはあった。俺はみんな仲間だと思っていたから特に気にしてなかったけどな……

「そう言えば、靴が泥だらけだったんですけど、今日はどこに行ってたんですか？」

「あ、ごめん！　玄関汚した？」

「全然気にしないでください」

「今日は、何件か仕入れ先の農家さんのところに行ってたんだ」

「え？　そんなのあるんですか？」

「あ、そうか。これも一旦俺口座で仕入れてるから、事務的には分からないのか」

担当している農家さんから何件も連絡が着て、「ジャガイモ揃ってるよ」とか「ズッキーニが良い具合」とか「新しく作付けした空芯菜《くうしんさい》を見て欲しい」とか色々あったのだ。

そもそも、会社が大口受注に対応できた理由の一つは、農家さんからの助けがあったからでもある。連絡すると出荷できる状態の物を早めに渡してくれたり、融通を利かせてくれていたのだ。農協にはサイズなんかが決まっていて、出荷できる野菜と出荷できない野菜がある。うちはなんでも買い取っていたけど、もしかしたら、農協分もこっちに回してくれていたかもしれない。

大口の野菜が揃わなくなった理由は、他社とのコミュニケーション不足だけではないのだ。そんな農家さんとの信頼関係の場所は壊したくない。俺が退職したことを伝えつつも、約束した野菜は俺が買うことを伝えてきた。もちろん、うちで食べる量と考えたら圧倒的に多すぎる量だ。

つまり、俺は仕入れた野菜を売りに行かないといけない。

うちの会社……いや、元の会社では価格が合わなかったスーパーとか、八百屋に行って事情を話して買い取ってもらう手配をしていた。農家さんたちの不安な顔、そして八百屋さんやスーパーの担当者の人も不安な顔をしていた。

「お金 大丈夫だったんですか⁉」

「それほど貯金がある訳じゃなかったから、割と綱渡りだったけどなんとか利益がでたよ」

「その……今度、その農家さんのところに私も連れて行ってもらえませんか？」

「え？　……いいけど。別に面白いところじゃないよ？」

「いいんです！　行きたいんです！」

高鳥さんには、お世話になりっぱなしだ。住むところも食べる物も準備してもらっている。彼女の望みならば、普段会っている人のところに連れて行くなんてお安い御用だ。

こうして今度の週末、高鳥さんを連れて農家さんのところに行くことが決まったのだった。

＊

「ねぇ、この車じゃないとダメだったのかな?」

「すいません、うちにはこんな車しかなくて……」

農家に行くのに、レクサスの高級SUVで向かっている。彼女が申し訳なさそうに言う「こんな車」とはボロいという意味ではなく、「田んぼ近くのあぜ道を走れそうな車」という意味だ。単に車高の高さの話だと思っていい。ベンツやBMWやポルシェはセダンしかなかったので、車高が低い。街中《まちなか》を走るならば問題ないけど、あぜ道を走るようにはできていない。

俺は車には全く詳しくないし、普段はトラックしか運転していなかったので分からないけど、この車、絶対高い!「運転席」っていうより「コックピット」って感じだし、シートも全部革張りだ。ハンドルにはなんか知らないボタンがいっぱい並んでいるし、多分こんな機会がないと一生運転することがなかったくらいの高級車だと思う。

「狭間さんは運転がお上手ですね」

「ホント? そうかな? 高級車だし緊張しているだけかも」

街中を走っているときに高鳥さんが褒めてくれた。彼女の家の車をご両親に挨拶もせず運転させてもらっているのは気が引けたけど、親には許可を取っているとの彼女の言葉を信じて使わせてもらっている。本当でなければ車のカギの場所など、普段運転しない彼女が知っているはずないのだから。

運転の方は、普段俺はもっぱらトラックだった。自分の車はない。トラックはどうしても運転が荒くなる傾向があるけど、野菜を乗せていたので加速・減速には気を使っていたし、積み荷が痛まない様にカーブなども注意していた。10年もそうしていると、他の車でも癖が出るのかもしれない。

それが彼女の言う「上手」なのかも。

「今日は、どこにいくんですか？」

「ちょっと山の方なんだけど、新しく空心菜を作付けした農家さんが見て欲しいって言ってたからサンプルをもらいに行く感じかな」

「空心菜ですか」

空心菜は、ヨウサイとも言って、ヒルガオ科サツマイモ属の野菜。茎の部分が空洞になっていて、見た目にも歯ごたえ的にも面白い。茎と葉を主に炒め物や中華風のおひたしにすることが多い。俺は炒め物にするのが好きだ。

「さあ、着いたよ。行く時間を伝えてたから迎えに出てくれたみたいだね」

家の敷地内に車を停めさせてもらった。農家の佐々木さんは、年配なのだけどご夫婦で家の前まで迎えに出てくれていた。

「佐々木さん、おはようございます」

車を降りるとすぐさま挨拶した。

「おはよう、狭間くん。こんな高級車で来るなんてびっくりしたよ！　儲かってるの？」

「ははははは、やめてくださいよ。彼女からの借りものです。俺はこんな車なんてとても買えませんよ」

田舎の一軒家で平屋建て。家の中には犬が1匹飼われている。典型的な田舎の農家という感じ。出迎えてくれた佐々木さんはご夫婦とも70歳を超えた老夫婦。いつも仲が良く、一緒に畑仕事をしているそうだ。

「おはようございます」

高鳥さんも助手席から降りた。

「あらあら、今日は可愛い子を連れて！　彼女さん？」

「あ、だからか！　今日は狭間くんがいい車に乗っとるのは！」

「いやいや、違いますから！　佐々木さん！　こちらはお世話になっているお宅の娘さんですって」

佐々木夫婦に揶揄われて焦る俺。真っ赤になる高鳥さん。

「あ、結婚か！　だから会社辞めちゃったんだ！」

「あらあら、それはおめでとう！」

「いや、だから違いますって！」

完全にご夫婦に揶揄われっぱなしだ。多分、俺がクビになったって言ったから賑やかしで盛り上げてくれようとしているに違いない。

「あの……今日は、よろしくお願いします」

高鳥さんが深々と頭を下げた。

「あれまー、いい子だね」

「ゆっくりしていって」

佐々木さん夫妻は、歓迎ムードで高鳥さんを迎えてくれた。

＊＊＊

「狭間くん、空心菜見て！」

「あ、立派ですね！　大きい！」

空心菜を受け取ると、一葉ちぎって口に含む。

「あ、苦みは少な目ですね」

「そうそう、土から作り直してシュウ酸を減らしたのよ」

「お浸し作ったから、ちょっとこっち食べてみて」

佐々木おばあちゃんが、タッパーとお箸を持ってきてくれた。

「よかったら、彼女さんも」

「あ、あの、私……はい……」

高鳥さんは、訂正したいことはあったみたいだけど、飲み込んだみたいだ。大人だなぁ。

「あ、おいしい！　苦みとかないです！　緑色もあざやかできれい！」

「たしかに、これは味付けもいいですね」

「ホント？　田舎料理が口に合えばいいけど」

そう言いながら自慢気のおばあちゃん。たしかにおいしい。

「これはどうやったんですか？」

「カツオ出汁で炊いて味付けして、最後にゴマを振ったの」

「へー、出汁がおいしいのかな。すごくおいしいですね！」

「アクがある野菜には、カツオ節とゴマが良いってテレビで言ってたから試してみたのよ」

テレビもたまには良いことを言う。

「あ、こっちもできたよ！」

おじいさんがカセットコンロで炒め物を作ってくれていた。

「あ！　食感がおもしろい！　ごま油の香りもいい！」

「そうなんだよ。空心菜は茎の中が空洞だから、炒め物にしたときの食感が面白いんだ」

佐々木さんが作ってくれたのは、空心菜にニンニクスライスと鷹の爪を一緒に炒めた物。

「今日は野菜が主役だから入れてないけど、これにベーコン入れても美味しくなるよ」

「あ！　それ好きかも。聞いただけでおいしそう！」

高鳥さんも調子が出て来たみたいだった。

一通り空心菜の料理を試食させてもらって一段落したので、今度は縁側に座って「打ち合わせ」という名の井戸端会議だ。

「それで、狭間くん、どうなの？　会社辞めちゃって大丈夫？」

「あ、はい。大丈夫じゃないけど、みなさんと約束したし、これからは個人的に野菜を仕入れて、とりあえず、八百屋とかスーパーに納めようと思ってます。しばらく買い取れる量が少なくなるかもしれませんけど、頑張りますので！」

「いいよいいよ！　こっちは老後の暇つぶしだからゆっくりで」

　そうは言っても、この家の重要な収入源になっているはず。「暇つぶし」は俺に気を使わせないように言ってくれただけだろう。

「それにしても酷いねぇ、急にクビなんて」

「まぁ……俺も足りないところがあったんだと思います。勉強になりました」

「そんなぁ、狭間くんが悪いんだったら、世の中みんな悪い人だよぉ！」

「いやいや、そんな」

　冗談を言いながら、ちょっとした会話。楽しい時間ではあるが楽しいだけではいけない。

「空心菜は、何束かサンプルでもらって行っていいですか？　八百屋さんとスーパーはすぐに卸せるけど、以前行っていたレストランにも挨拶がてら顔を出してみようと思って」

「そりゃあ、助かるよ。私ら野菜作りは専門でも、売るのはとーんと　だめだから。狭間くんみたいな人がいると心強いよね」

　おじいさんに背中をバシンと叩かれた。痛いって！　70歳を超えたと言っても農作業をしていて力が強いんだから。

「お野菜だったら農協とかが買ってくれるんじゃないんですか？」

高鳥さんがおじいさんに質問した。

「そうだねぇ、農協さんは安定して買ってくれるから、取引すると収入は安定するね」

「じゃあ……」

「ただね、買ってくれる野菜と買ってくれない野菜があるのよ」

「え？」

高鳥さんが驚いていた。多分アレを知らないんだろう。俺は庭に置いてあったタマネギが入った段ボールから２つタマネギを拝借して持って来た。

「あ、さすが狭間くん、良いのを選んでくるね」

おじいさんに褒められた。ちょっと嬉しい。

「高鳥さん、この２つのタマネギどっちがいいと思いますか？」

俺は縁側の上に新聞紙を敷いて、まだ泥がついたままのタマネギを２個置いた。

「えー……色はおんなじくらいですし、大きさがちょっと違うくらい？」

「おー、賢い娘さんじゃねぇ！」

おじいさんが褒めた。基本的にこの夫婦褒め上手なんだよなぁ。

「こっちの小さい方は農協が買ってくれる大きさで、大きい方は規格外になるから買ってもらえないか割安になる可能性が高いね」

「え？　育ちすぎで味が落ちてるってことですか？」

「いやいや、流通の関係で農協が扱う野菜にはサイズに上限・下限が決まってるんだよ。この大きい方はそれから外れただけ。味はどっちもおいしいと思う」

「えー、そんなのあるんですか？」

高鳥さんが２つのタマネギを見比べていた。

「狭間くんは大きさよりも色艶とか、味とかで選ぶからうちの野菜ならどれでも買ってくれるかなぁ」

「たしかに、レストランとかでも人気ですからね。佐々木さんのタマネギ」

「え？　誰が作ったとか関係あるんですか？」

「ほら、付加価値をつけるときの鉄則は？」

「……名前をつける」

「そう！　俺は、『狭間チョイス』の中に『佐々木さんのタマネギ』をよく入れてたよ」

「そうなんですね！」

「何気ない言葉でも、その背景を説明して味で確かめてもらったら、ちゃんとした料理人は次もまたそれが欲しくなるもんなんだ」

「へー」

高鳥さんが大事なものを触るように、佐々木さんのタマネギを手に取って見ていた。

＊＊＊

佐々木さんのところでたくさんタマネギとジャガイモと空心菜をもらってきた。レクサスに泥付きの野菜は似合わないけれど、高島さんには宝物に見えてるようだった。

「佐々木さんって狭間さんが高くお野菜を買ってくれるって言ってましたけど、どれくらい違うんですか？」

「うーん、普通10キロ単位だから正確には難しいけど、スーパーってタマネギっていくらくらいで売られてるか知ってる？」

「うーんと、1袋200円とかでしょうか？」

「そのくらいだね。その量に換算すると農家さんは1袋分を55円くらいで出荷してると思う」

「え!?　そんなに安いんですか!?」

「そうだね。55円で卸業者が買い取って45円利益を乗せて100円になる。仲卸が45円。スーパーが55円利益を乗せて店頭では200円で売られている感じかな」

「思ったより農家さん儲からないですね」

「そうだね。俺たちなら100円で買ってもスーパーでは200円で出せるかな。実際は80円くらいで買ってスーパーでは190円くらいで売られていると思う」

「農家さんも高く買ってもらえるし、私たちも安く買える！」

「その分、俺たちの手間とコストが増えてるんだけどね」

「なるほど……」

「あ、そろそろ昼になったね。お腹空かない？　いつもご馳走になっているから今日はご馳走するよ」

帰路に高鳥さんに提案してみた。

「いいんですか？　その……お金……」

「はははは。たしかに失業中だけど、前回の野菜を売った利益もあるから、ちょっとくらい贅沢にいいレストランに行ってみようか」

「……」

＊＊＊

連れて行ったのは、地域のイタリアンレストラン「シーガル」。個人店ながら人気で、大きな国道沿いにあるのでデートで立ち寄る人が多いらしい。バックには海も見えるし絶好のシチュエーションだ。

「えー？　カッコイイお店ですね……」

車から降りて高鳥さんが少し気圧《けお》されていた。俺が口説こうと考えていると思ったのかなぁ？

それとも高校生だから、こういうお店に縁が無かったとか？　家はお金持ちだけど、ご両親は忙しそうだから連れてきてもらったことが少ないとか？

俺はそんなことを考えながらも構わず店に入った。高鳥さんは後からついてきた感じ。

「こんにちはー」

「あ、いらっしゃいませー！　って、狭間さんじゃない！　なに？　デート？」

迎えてくれたのは、このお店のオーナーの娘さんで つばめさんとおっしゃる。このお店の看板娘でもある。

「お父さんー！　狭間さんが彼女連れて来たよー！」

「いや、だから、彼女じゃないですって！」

ここでも変な誤解をされてしまった。高鳥さんが気を悪くしなければいいのだけど……あ！　ほら！　ちょっと頬が膨れて、ご機嫌斜めっぽい！

「そんなに元気よく否定しなくてもいいじゃないですか」

「あ、ごめん」

あれ？　それってどういうこと？　考えがまとまるより先にマスターが出てきた。

「つばめ、店ではマスターって呼びなさいって……あ！　狭間くん！　いらっしゃい！　心配してたんだよ」

「あ、ども。今日はお客です。よろしくお願いします」

「今日はまだ昼前だから、いい時間に来たね。週末は1時すぎた頃には満席になるからさ。空いてるとこ好きなとこに座って！」

「どもー」

比較的小さなお店だけど、カウンターで10席ほどとテーブルが6卓あり、最大で40人から50人は入るお店だ。良い材料を使ってるからランチ５００円……という訳にはいかないけど、間違いなくおいしいものが出てくる。俺たちはカウンターの席に座った。

「狭間くん、彼女いたんだねー。30歳になっても独身だったらうちのつばめをあげようと思ってたのに」

「ちょ！　やめてくださいよ！　こちらは、いまお世話になってるお宅の娘さんで……」

「ん、んん」

突然の高鳥さんの咳払いに会話が止まってしまった。

「……とても可愛い子だねぇ。大事にするんだよ」

「……だから違いますって」

話しながらも料理をするマスターの手は止まらない。今日のランチはパスタと小さなピザらしい。店内に石窯が据え付けられていて、本格的なピザが出てくる。この店は、パスタの生地もピザの生地も地元の小麦を使っている。国産って日本人にとってやっぱり安心感がある。しかも、ピザ用、パスタ用に別々にブレンドしているらしくて特別感もある。

しばらく待つと おいしそうな料理が目の前に出てきた。

「わぁ！　お野菜たっぷりのピザ！　パスタもお野菜中心！　狭間さん、マスターと打ち合わせしてたんですか⁉」

高鳥さんがこちらとマスターをきょろきょろ見ている。

「いや、狭間くんがそういう目をしていたからさ。うちの野菜は狭間くんとこから仕入れた野菜ばっかりだから」

「俺、肉も好きですからね！」

「ははははは」

＊

「実際どうなの？　他の卸し会社に転職しないの？」

「うーん、たしかにLINEではお誘いが来てるんですけど……」

「え？　そうなんですか？」

高鳥さんが俺とマスターの会話に入ってきた。

「うん、ほら俺って他社との連絡役みたいになってたから、顔なじみの人もいて……」

「なるほど」

「それで、どうなの？　うちも野菜がないと困るから、とりあえず今まで通り買ってるけど、内心面白くないからねぇ」

「ありがとうございます。その気持ちだけで……」

苦笑いしか出ない。マスターは俺から野菜を買ってくれると言っているのだ。クビにされた俺はこのマスターの信頼も裏切ってしまっている。

「あ、農家さんから仕入れてる野菜の関係があって、野菜自体は量は少ないですけどいくらか仕入れてるんですよ。いま面白いのだと空心菜を手に入れたばっかりで……」

「空心菜⁉　ピザに空心菜は聞いたことないな。でも、食感とか面白いかも？」

「あ、サンプルがあるんで何束か置いて行きます。気に入ったら声かけてください」

「LINEはまだ使えるの？　あれでいいの？」

「あ、はい。スマホ自体は自分のなので、そのまま使ってます」

「そかそか。何か協力できることがあったら言ってよ！」

「ありがとうございます」

＊　高鳥さやかSide

「あ、ごめん、ちょっとトイレ行ってくるよ」

「あ、はい」

食事が終わったら、退店する前に狭間さんがトイレに行った。さりげなく会計を済ませる……そんなのではなく、普通にトイレに行ったみたい。狭間さんらしい。少し嬉しくなった。

「どうだった？　うちの料理は？」

「あ、美味しかったです」

マスターに話しかけられた。

「あなた、そんな聞きかたしたら、『美味しかった』しか言えないじゃないですか」

横で配膳を手伝ったり、料理を手伝ったりしているのは奥様みたい。ご夫婦でお店をやっているなんて素敵。あの つばめさんって可愛い感じで、狭間さんとの関係も気になる……

「うちと狭間くんとの関係はもう長くてねぇ」

話好きのマスターらしく、聞いていなくても次々情報が出てきて、次々話題が変わっていく。会話が進まない初々しいデートのお客さんだったら間に困らないかも。きっとこのお店にマスターは合っているのでしょう。

「彼はね、仕事の関係だけじゃなくて、こうして時々食べに来てくれるんだよ」

「そうなんですか」

人がいい狭間さんらしい。つい笑いが出てしまった。

「ただ食べに来るだけじゃないんだよ。母親とか、彼女とか自分の大切な人を連れてくるんだよね。こりゃ、料理人として力を入れない訳にいかないでしょ⁉」

「かのっ……」

私は狭間さんの彼女に見えてるってこと⁉　そか、さっき空心菜の話をしてたときには営業に来たと思ってたけど、ダシに使われた訳じゃなかったのか……

「つばめに強力なライバルが出現したなぁ」

「お父さん！　いい加減にして！　年齢的にシャレになってないから！」

つばめさんがどこからか登場した。たしか、狭間さんは28歳くらい。つばめさんは20代半ばという感じだろうか。配達とかでもちょくちょく来ていただろうし、顔見知りなのかもしれない。ちょっと複雑な気分だった……

＊

お店を出て車に乗った。

「狭間さんの営業トークって営業っぽくないんですね」

「ははは……一本取られたな。俺って営業らしくないからなぁ。自覚はあるよ……」

「あ、悪い意味じゃなくて。自然っていうか、普通の会話っていうか」

それでも売上は社内2位で、他の人に売上をあげちゃってる分まで入れたら、実際は1位かもしれない。

あのあと、狭間さんは忘れずに空心菜を1束　2束裏からマスターに差し入れしていた。

あんなにおいしかった空心菜。豚肉とも合うって言ってたからピザもアリかも。チーズとの取り合わせは分からないけど、そこはプロの腕の見せ所なのかも。

「ほら、今日とか料理にしてくれてたじゃない？　実際に自分で食べてみたらおいしいとか感動があるよね？　売込みっていうか、その感動を伝えに行ってる感じ？　そう言うとカッコ良すぎか……」

器用ではないけど、その人柄がすごく伝わる人。仕入れ元の農家さんにも納入先のお店にも好かれている人。「私の計画」にはこんな人が必要。

でも、会社からの評価はなんであんなに低いんだろう？　それこそ、会社をクビになってしまう程に……車の窓から見える景色を見ながら考えても答えは見つからなかった。ちょくちょくさっきのつばめさんのことが思い浮かぶのも考えがまとまらない要因の一つでもあった。

＊　営業 中野Side

俺、中野雅広はトラックに商品を乗せてルート営業中だ。

最近、どうも良いことがない。会社の売上が伸びないのもそう思える原因の一つだ。毎月 特に何もしなくてもある程度の数字ができる。それは俺が天才だからだろうか、まあ、ルート営業だから決まった店に決まったように行って、決まった商品を届けていれば一定の数字はできるってことだろう。

仲卸の仕事ってのは、青果市場で仕入れることができない個人飲食店やホテルなんかの仕入れ代行ってところか。

要するに「中抜き」する社会の流れの中から利益だけを吸い上げる寄生虫みたいな職種だ。クソみたいな仕事。誰がやっても結果は同じ。

ただ、伝票とか請求書とか書類書きは面倒だし、時間がかかるからクソ狭間にさせていたのにクビになりやがった。

まあ、いっつも どこにいるのか分からないような、サボってばっかのクズみたいなヤツだったからクビになって清々したわ。

俺が稼いだ利益からあいつの給料が出てると思ったら はらわた煮えくりかえるってもんよ。

俺の担当エリアはホテルとか大手が多い。つまり、いつもの様にルートで回ってるだけで一発デカい売上が上がる。運もいいとか俺の人生イージーモード。商品が足りないときは、バカ狭間に言っとけばどこからか集めてくるので数字を上げるのは簡単だ。

その「一発デカい」のが最近ない。時期的なものだろうか。その場合はしょうがない。俺が何をしたって、そもそもニーズがないのだから。

そうなると暇な時間ができる。俺のエリアにはボートがあるから1レース楽しめばいいだけだ。エリアにも愛されてるとか俺 完璧だろ。

そう言えば、昔クソ狭間に昼飯おごってやったときもずっとあいつのスマホが鳴ってたな。どんだけLINEのメッセが来るんだってての。仕事中に遊びすぎだろ。

さて、不満を考えながら、独り言を言っていたら店に着いた。お仕事はじめまっか。

まずは、しょぼくれた個人店、「シーガル」っと。

野菜ひと箱置いたら終わりだな。5分で終わらす！

「ちわーっす」

「あ、中野くん。狭間くん会社辞めたんだって？」

マスターが出てきた。この人 話好きで長くなるから嫌なんだよな。5分って決めたんだから、何としても5分で切り上げる！

「あー、あいつはクビっスね。なんかやらかしたらしーっスよ」

「そうなの？　よくやってくれてたと思ったけどなぁ」

「あー、ダメダメ！　あいつは見てないところでサボってばっかだったから。その分、俺がガンガン働きますから、安心してください！」

「そうなの？　じゃあ、今日のお勧めは何かな？」

「お勧め……スか？　ナスとかいいっスよ！　デカいし！」

「ほお、どんなナスなの？」

「デカくて、いい色のナスっスね！」

「あー……そうなの。どんな料理にむいてるの？」

「それは、マスターの方が詳しいでしょ！　釈迦に説法っスよー！」

「あはは、そうか……」

「あ、段ボール、ここ置いとくっスねー」

「あー、ありがと」

よし！　５分で納品完了！　次！　俺有能！

＊　狭間新太＠高島家

「狭間さん、狭間さんがもらってきてくれた おナスなんですけど……」

「はい？　ナスがどうかしましたか？」

今日も野菜を仕入れて、販売してきた。軽トラはレンタカーを借りると高くなるという理由で、先日のレクサスのSUVを使っていいと言われた。たしかに荷物はたくさん載るけど、土の付いた野菜とレクサスの取り合わせは、なぜか罪悪感がある。

家に帰ると、余った野菜をお裾分けで（？）高島家に渡した。

「何か問題ありました？」

「いいえ、あんまり立派なんで いい料理法がないかって、東ヶ崎さんが」

東ヶ崎さんとは家政婦さんの名前。

「夏野菜のナスは、体温を下げる効果があるので、夏にぴったりですね。焼きナスもおいしいですけど、煮びたしとか俺は好きです。ナス特有のポリフェノールのナスニンが含まれているのは紫色の皮の部分なんで皮は剝かずにそのままがいいです。あと、ナスニンとかカリウムとかは水溶性の成分なんでアク抜きのときに水に浸し続けると栄養まで逃げてしまうので、煮びたしだと丸ごと食べられてお得です」

「……よくナスだけで、それだけ情報が出てきますね」

「まだまだ　ありますよ。このナスを作っている農家さんはもう20年ナスを作っているので、すごく慣れている上に研究熱心なんで……」

「他に、どんな料理がありますか？」

「肉みそ和えとかはご飯に合うし、輪切りのナスとトマトをグラタン皿に重ねて並べて、上からとろけるチーズを乗せて焼くだけでおいしいですし、他には……」

「ごく……」

その日は、ナスのフルコースになった。言った料理が全部出てきた。

どれもおいしかったので、家政婦　東ヶ崎さんの料理スキルは間違いないけど、これからは1個ずつ言うようにしよう。

＊＊＊

高鳥さんの家にお世話になって2週間がすぎた。「なにかのときのため」ということで、彼女とのLINEのアカウントの交換も済ませていた。それでも使うことはないと思っていたのだけど、「起きる可能性があることはいつか必ず起きる」と言ったのはマーフィーの法則だったか。高鳥さんからLINEが届いた。

『すいませんが、学校まで迎えに来てもらえないでしょうか？』

「いいけど、どうしたの?」

『体育で足を捻ってしまいまして……』

その後、暗い顔のネコのスタンプがポンと登場した。

大変だ。そう言えば、彼女は高校生だった。初めて会ったとき彼女は会社の制服を着ていたし、出会ったのも会社だったからどこか社会人だと思い込んでいた。

学校の体育で捻ったとか、どこか子供っぽいところもあると思ってしまった。可愛らしいところもあるものだ。

すぐに来て欲しいということだったので、車を出した。足を捻って捻挫なりしていたらしゃがみにくいかもしれないので、例の背の高いレクサスのSUVで行くことにした。

＊＊＊

「高鳥さんの保護者の方ですか?」

「え? あ、は、はい。保護者です!」

学校に着くと職員室に保健の先生が待っていて、保健室に案内されている最中に訊かれた。正確には俺は保護者ではないのだけど、この場合いいよね。

保健室の前には男女たくさんの生徒がたむろって「高鳥さんしっかり!」とか「死なないで!」とか騒いでいる。何これ?

「はい、どいてどいて！」

保健の先生が群衆をかき分けて保健室に入る。俺もそれに続いた。

高鳥さんは、ベッドの上に横になっていて、足首には包帯が巻かれていた。

「あの、どうしたんでしょうか？」

俺は保健室の先生に訊ねた。

「軽い捻挫です。体育の授業のバスケットのときに足を捻ったみたいでシップを貼っています。数日から1週間程度で治ると思いますけど、筋を痛めたみたいで今日、明日くらいは歩くのも痛いと思います」

「そうですか。ご迷惑おかけしました」

「一応、念のため病院でレントゲンを撮ってもらった方がいいかもしれません」

「はい、ありがとうございます」

とりあえず、お礼を言ってベッドの横の椅子に座った。

「……ドジしました。すいません」

俺と目が合うと、ばつが悪そうに高鳥さんが笑った。

いつもお世話になっているのはこちらの方です、とは保健の先生もいるからこの場では言えないけれど、年相応にドジな方がこっちとしては安心すると言うもの。

体育のときにケガをしたと言っていたので、そのままの格好で体操服なのだろう。家では見ることのない姿、白い体操服にブルーの短パン。髪は後ろで一つに結ばれていてポニーテールのようになっていた。

うーん、高校生らしい。エロ動画の偽ＪＫではない。リアル高校生（？）だった。なんかちょっといけない気持ちになりかけている。いかんいかん。

クラスメイトが持ってきてくれたのか、カバンは枕元にあり、制服は紙袋に入れられてカバンと一緒に置かれていた。

「ちなみに、外のあれは？」

「高島さん人気みたいで、４時間目の体育のときに運ばれた後ずっとこんな感じなんです」

高島さんの代わりに保健の先生が答えてくれた。保健室の外では、クラスメイト達が彼女を元気づけようと（？）騒いでいた。小学生みたいだな。

たしかに、早く連れて帰らないと教室は大変なことになってそうだ。

「立てる？」

「ちょっと肩を貸してもらえたら なんとか……」

高島さんは足をベッドから降ろして地面につけた直後 顔をしかめた。割と深刻らしい。

「ちょっとごめんね。緊急事態だから」

「え？　ええ⁉」

俺は、これはダメだと判断して、カバンを左手に持ち、紙袋の紐は右ひじに通して、更に 高島さんをお姫様抱っこで抱え上げた。

「きゃっ」

なんか可愛らしい声が聞こえたけど、ここはスルーで。

普段、野菜の入った段ボールなど重たいものを運んで鍛えていたので、彼女一人とカバンと制服くらいなら楽々持ち上げられた。

「先生、すいません。ドアを開けてもらえますか?」

「……え? あ、は、はい! ドアですね! ドアを開けます」

なんか見とれていた保健室の先生は、俺の声で我に返って保健室のドアを開けてくれた。

ガラリとドアが開き、俺は高鳥さんをお姫様抱っこのまま保健室を出て、廊下を歩き、車の方に向かって歩いた。

保健室を出た瞬間は、急に静かになったと思ったけど、その後うしろから黄色い声が聞こえてきた。「きゃー! お姫様抱っこ!」とか「リアル! リアルお姫様抱っこ!」とか色々聞こえた。

俺は高校生のノリにはもうついて行けなさそうだ。

高鳥さんは真っ赤になっていた。さすがにお姫様抱っこは恥ずかしかったか。悪いとは思ったけど、他に方法がなかった。

「ごめんね。騒がれてしまって」

「あ、あの、いいえ、こちらこそ……ありがとうございます。あの、重たくないですか?」

高鳥さんが、心配そうに聞いた。

「うーん、軽い。もっといっぱい食べないとね」

「狭間さんは、もう少し肉がある子の方が好みですか？」

「？」

耳まで真っ赤になっている高鳥さんはいつもとちょっと様子が違う。ケガをしたからテンションがおかしいのかもしれない。

車の後部座席のドアを開け、高鳥さんを座らせたら、荷物を積んで病院に行き、そのあと家に戻ったのだった。

ちなみに、骨には異常はなく、筋を痛めただけなので数日で治るとのことだった。

＊

とりあえず、数日は学校を休むことになった。歩くだけで痛いらしく一人で登下校が難しいからだ。当然、バイトもお休み。

「テレビ飽きました！　どうして9時になったらワイドショーしかないんですか⁉」

俺は高鳥さんの家でお世話になっている。同じ家に住まわせてもらっていると言っても、5階は部屋ごとに玄関ドアもあって、鍵もかかるし、その部屋単体でワンルームマンションの様だ。彼女の部屋の隣に住んでいると言っても、同じマンションに住んでいるような感覚だった。

それが、退屈だからと彼女の部屋に招かれたのだ。この家に来てから初めてのことだった。白とピンクを基調とした部屋。家具や家電は高級そうなものが多い。

なにより、匂いがすごくいい。これは、高鳥さんの匂い。ちょっと気を許したら卒倒しそうなほどいい匂い。俺は、これに耐えられるのか⁉

「狭間さん、昨日は迎えに来てくれてありがとうございました」

「そこら辺は、全然気にしないで」

彼女は、ベッドに寝転んでいるし、俺は彼女のベッドの横に座っている。なんだこの状況！　こんなの高校生のときに体験したかったわぁ！

「あのあと、クラスメイトからLINEがいっぱい届いて、『あの人誰？』って聞かれたんですよ。私、なんて答えたらいいんでしょうね」

若干ニヨニヨしながら楽しそうに話す高鳥さん。クラスメイトに対するいたずらだったのだろうか。俺は、なんか居心地が悪いんだけど……。

こんなとき、俺はなんて答えたらいいのか。

俺にとって、彼女は……なんだ⁉

彼女は、髪は背中までの長さがあるロングで、色白、顔は整っているから美人系だけど、ちょっと意地悪そうな顔をしている。目つきがちょっときつめなのかなぁ？　性格は温和みたいだから、若干つり目気味だからそう見えるだけかも。

仮に俺と高鳥さんが同じ年代だったとしたら、俺と彼女は教室の中で1年間の間に何回も言葉を交わすことはなかっただろう。

彼女は美人で賑やかなグループにいただろうし、俺は一人で暗く過ごしていただろう。

今だから、年齢が違うから、立場が違うから、会話ができる。俺にとって彼女とは、そういう存在ではないだろうか。

中身を知ったら、気遣いができて優しい子だって分かったけど、ちょっと引くくらいお金持ちの家の子だったし。だからこそ、職なし、家なしの俺を拾ってくれたわけだが……

ずっと寝ているのも体勢がきついのか、ベッドの上にクッションを置いて、座った姿勢になった高鳥さん。顔が見える分、話しやすくなった。

「すいません。私の退屈しのぎにまで付き合っていただいて」

「全然、大丈夫ですから。それより、のどが渇いたとかあったら気軽に言ってくださいね」

（ピコン、ピコン、ピコン）今日も俺のLINEはひっきりなしに鳴っている。

「LINEですか？　毎日結構な量が鳴ってますよね？　……もしかして、彼女さん……とか？」

「あ、いえ。彼女とかはいないので……お客さんだったお店の担当者さんとか、農家のおじいちゃんとか……」

あ、言ってて悲しくなってきたぞ？　俺って仕事しかしない寂しいヤツなのでは⁉

「つばめさんとかは……？」

「つばめさん？　あ、この間のレストランの！　あれ本気にしてたんですか？　冗談好きのマスターのジョークですよ。きっと、つばめさんも迷惑してますよ」

つばめさんは、以前高島さんを連れて行ったレストランの看板娘さん。

マスターは冗談でいずれ娘さんと俺を結婚させるとか言っていた。納品に行くたびにつばめさんは俺の顔を見ると苦笑いしてたし、迷惑かけてるんだろうなぁ。

「そかそか。彼女いないんですね」

うんうんと肯く高島さん。

いや、俺の孤独を満足そうに納得しないで……

「あの……実は、私……夢があって……笑わないで聞いてもらえますか？」

高島さんは突然、自分の夢について語り始めた。

高校生のとき……俺からしたら10年以上前には、どんなことを考えていただろうか。彼女が今どんなことを考えているのかと興味がわき、高島さんの話に耳を傾けた。

「私……こう見えて、学校では結構人気者なんです」

いきなり自慢とか、普通だったら鼻につく話だ。

でも、彼女はたしかに美人だし、足を捻挫したときも保健室の外に男女関係なくたくさんの人がいて励まして（?）いた。

「成績も悪くないし、運動もまあまあです。……今は捻挫しちゃってるけど」

よく考えたら、俺は高校のときに捻挫する程、体育のときに動いてなかったかも。それだけ一生懸命動いてたってことだろう。確実に俺より「リア充」だな、彼女は。

「告白も割とされるし、家もそこそこお金持ちだから欲しいものとかもあんまり困らないし……」

羨ましい限りの人生だな！　俺は告白なんかされたことないし、むしろ告白した相手に邪険にされている人間だよ！

あと、家は「そこそこ」お金持ちではなく、「ちょっと引くほど」お金持ちだよ！　家がマンション一棟ってどんだけお金持ちなんだよ！

「でも、あるときに気づいたんです。『したいことがない』『欲しいものがない』って」

ある意味羨ましい。全部手に入れたのだから、欲しいものがない。それにつながる欲がない。一度は言ってみたいし、感じてみたいなぁ。

「だから、バイトを始めたんです。社会を見るために」

社会勉強にしては、野菜の仲卸の事務とか　かなりニッチなところを選んじゃってるなぁ。

普通、女子高生ならファミレスとかカフェの店員とかを選びそうだけどなぁ。

「さすがに現場までは見れないけど、そこには一生懸命働いている人がいて、普段の生活ではその存在も見えないような裏方の人がいて、その人がいるから世の中が回っていて、それに感動したんです！」

普段知らないことを知るのって何となく「裏技」みたいでドキドキする感じ分かるなぁ。

知ってしまったら、誰かに言いたいんだけど、学校の友達とかだと共有できないんだよな。一人でニヤニヤする感じ……彼女もそんな感じなのだろうか。

「その中でも、一番頑張ってるのに目立たない……あー、そうじゃなかった！　私の夢！　夢は……会社を作ることです！」

「また大きく出たね！　何の会社なの？」

「野菜の……仲卸の会社を……もろに今の経験が影響していて恥ずかしいんですけど……笑わないでくださいね！」

「笑ったりしないよ。高島さんみたいに若い人に青果の仲卸に興味を持ってもらえるなんて、関係者の端くれとして嬉しいよ」

「若いなんて……狭間さんも十分若いです！」

「あ、そか。ははははは」

俺が高校生のときに、会社を作ってみたいなんて考えたりもしなかった。彼女はお父さんが会社をやっているって言ってたから、その影響もあるのかな。物心ついたときから親が会社を経営していた訳だ。つまり、それが当たり前で、彼女もその当たり前を実行しようとしているだけ。

別の言い方をすると、サラブレット。何も言わなくても、子供は生まれながらにして英才教育を受けているということか……すごいなぁ。俺とは全く違う。

「その会社では、狭間さんみたいに一生懸命な人がちゃんと評価される会社なんです」

ははは、少なからず、俺は彼女に同情されているな。情けないやら……

「うちは元々おじいちゃんが資産家で、子供はみんな自分の会社を興しているんです」

さすがサラブレット！

「私の兄も自分で会社を興しましたし、だから、私も……と思って」

すごい。でも、会社を興すのは簡単でも、収益を上げていったり、継続することが難しいんだ。

でも、それを高校生の彼女に伝えるのは、若い芽を摘むことになりそうで違うなと思った。

それでも、一から立ち上げてお客さんを獲得していくとしたら、数年は赤字になるだろう。黒字化するまで社員が頑張れるかどうか……

「おじいちゃんとパパからは経済的援助は取り付けてるんです。市場内での売買参加権の目処も付きました」

具体的！　俺の高校生のときとは全く違う！　彼女なら本当に仲卸業として起業してしまうかもしれない。家もお金持ちだし、お爺さんもお金持ち。それぞれ会社を経営しているのならば、いくらくらい必要かは検討した上で支援を決めたのだろう。

「その社員1号として、狭間さんを狙ってました」

「え⁉　え⁉　ええー⁉」

単なる夢を聞く話が、とんでもない爆弾を投下してきた。照れながらも、自信を見せる彼女の表情は素直にきれいだと思ったのだった。

＊　リーダー長谷川Side

俺、長谷川《はせがわ》健《けん》には夢がある。現在勤めている株式会社森羅万象青果を手に入れるという夢が。大変な仕事に対してこんな安い給料で働いていられるか。社長になって社員を下僕のように働かせるのだ。

それには社長の娘、裕子が必要だ。多少、歳は取っているが俺好みの美人。狭間と付き合って関係を進めて行きそうだったから何年もかけて寝取ってやった。今はもう俺の言う通りに動く。彼女は女王蜂。この会社の女王蜂。働きバチ（社員）たちが巣（会社）に蜜を集めてくる。それを俺が吸い上げる。合法的に。

そのために邪魔だったのが狭間。

あいつはなぜか分からないけど俺のセンサーが危険だと伝えている。あいつは裕子の周りにいたらダメだ。俺から裕子を奪っていく。そして、会社を奪っていく存在。他のヤツはバカばっかりだ。言われたことをその通りに実行するヤツばかり。

だから、何年もかけてあいつの存在を否定してきた。目立たない様にネガキャンしてきた。ダメなやつだと周囲に伝えて洗脳してきた。いわゆる、バンドワゴン効果だ。

人は「あいつはダメなヤツ」と言われたらダメだと感じるものだ。そして、それを続けると段々心の底からそいつをダメなヤツだと思っていく。人とはそんなものだ。

日々、社員たちに「狭間はダメなヤツ」「狭間は仕事の能力がない」と言い続けた。俺が非難されない程度に。反感を買わない程度に。だから、何年も何年もかけた。結果、社員たちは、狭間のことを見くびるようになっていった。だから、あいつが何をしても誰も認めない。そして、あいつに仕事を押し付けても何も感じない。

あいつを失脚させるために会社の売上は俺が着服した。それも、あいつの担当エリアで。だからこそ、あいつのことを調べ上げて、不正口座があることに気づいた。あいつの実家の八百屋名義の口座。俺が手を下さなくても、あいつは先に何か不正をしていた。ちょうど都合がよかったので利用させてもらった。

調べてみると、そこが商品を大量に買い付けて、この会社にも売っていた。月の売上の約20％にも上るその数字……売上が落ちた数字と同じくらい。あいつはやりすぎたのだ。俺があいつに被せようとした着服額はいいとこ数％。それを悠々超えていた。

「裕子さん、いや専務。その売上の減少は、狭間が横領した額そのままじゃないんですか？」

「そんな事ってある⁉　20％っていったらすごい額よ⁉　第一、彼の売上全部合わせてもそんなにいかないわよ⁉」

たしかに、その通りだ。あいつはバカだから自分の売上を他人に渡してた。会社に計上していない売上もあるかもしれない。あいつがいなくなった今、それがこれから分かるはず。もう、あいつはいないのだ。狭間は失脚した。俺が失脚させた。

俺がこの会社を牛耳るまでもう少しだ。全てを掌握するまであと少しなのだ。

＊＊＊

「狭間さん！　新しい情報手に入れてきました！　会社大変です！」

「今、きみがバイトしている先でしょ⁉　会社が大変なのを実にいい笑顔で言うね！」

「だって、狭間さんをクビにした会社ですよ！　私にとっても敵です！」

彼女はどの立場で言ってくれてるんだろう⁉

リビングで食事の後に話を聞いた。家政婦の東ヶ崎さんも気になるみたいで、高島さんが何も言わなくてもコーヒーを淹れて出してくれた。俺たちの近くにいて話を聞きたかったのだろう。

「今会社ってホテルとかからの大口受注が激減りしているらしいです！」

「え？　そうなの？　6月は結婚式シーズンでホテルは忙しいし、7月、8月は夏休み期間でどこも結構忙しいはずなんだけどなぁ」

結婚式なんか、ホテルの売上の半分を占めるところもあるから、かなり力を入れているはず。大口発注しない訳がないんだけどなぁ……

ホテルに入る場合は入館手続きが必要なので、会社を辞めた今、俺はホテル内に入ることができず、料理長たちから話を聞くこともできない。何が起きているというのだろうか……

「ホテルによっては、大口受注の情報が入るみたいなんですけど、今度は商品が揃わないみたいです」

実に嬉しそうに話すなぁ、高鳥さん。

夏場の場合、1年を通しても食材が多く必要なときが多い。いつも一様ならばいいのだけれど、必要なときはわっとたくさん必要で、そうでないときは全然要らないという波が激しいものなのだ。

うちの場合、市場から仕入れる分に加えて、他社から融通してもらう分と、俺が農家から仕入れた野菜とかも全投入してギリギリだったから、そのキャパを超えてる発注が起きてるのかもしれないなぁ。

「一応、営業の人たちに聞いてみたんですけど、他社からの情報がほとんどないらしいです。うちってハブられてませんか?」

これまた意地悪そうに笑う高鳥さん。俺のLINEは、他社との情報交換グループにも入ってるけど、それを見る限りこれまでと情報量はそれほど変わらないと思っていたのに……

ただ、高鳥さんの話を聞いて思いついたのは、うちの……もとい、クビになった会社の名前がほとんど出ない。

例えば、「大葉1000束融通できる会社さんありますか?」みたいに書き込みはある。「大葉」とは「青じそ」のこと。1束10枚だから1000束となると1万枚。そんなに急に持っている所はないだろう。

「200束持ってるよ。大同青果」「300なら融通できる。どこ行ったらいい? アシノ青果」「100しか手持ちがない。鳩屋青果」こんな感じで情報が入ってくる。でも「森羅」の名前が全くでないのだ。

誰かこのグループに入ってないのか⁉　もしかして、誰も入ってない⁉　少なくとも中野さんとかグループに招待したのに！　俺に紹介してくれた人は……もう辞めたか。それでも、全員入ってるはずなんだけど……

「なんか、前年比で20％くらい売上を落としてるらしいです。これって『ざまぁ』ですかね⁉」

「高島さんは実にいい顔で笑うね〜。悪役が似合いそうだよ」

「だって、狭間さんの敵ですよ⁉　会社の売上が下がると私の計画も進みやすくなります」

たしか会社に「ぎゃふん」と言わせるとか言ってたやつか。高校生が少々なこと動いても会社は「ぎゃふん」とか言わないからね⁉　一緒にテーブルでコーヒーを飲んでいた家政婦の東ヶ崎さんも無言でうんうん、と頷いていた。この人も何気に恐ろしい人だと思うのだった。

＊

森羅が大口の案件を取れない理由が気になって仲のいい同業他社のヤツにLINEしてみた。

「森羅が大口取れないらしいんだけど、何か知ってる？」

『ああ、それならみんな森羅に情報出してないからな』

「なんでまた」

『聞いてるぞ。突然クビにされたんだろ⁉　そんな会社と協力したくない』

そりゃあ、そうかもしれないけど……

『あ、別に俺は誘導してないけど、他社も嫌がってるみたいだな。みんなお前にお世話になったし義理立ててる感じ？』

えー、そりゃあ頻繁に協力していたけども……

『あと、うちに来ないか？　うちの社長に話したらめちゃくちゃ乗り気だったぞ』

「ありがとう。いよいよダメだったらそのときは頼む」

『おう！』

あいつ、顔もイケメンだけど、心もイケメンだ。そう言ってもらえるだけでだいぶ俺の心は救われた気がした。

＊＊＊

「狭間さん！　デートに連れて行ってください！」

「え⁉」

高島さんから食事中に言われた。彼女の家にお世話になっている俺は、ちょっと色々麻痺し始めていた。マンション1棟全部が自宅というチートな家だから同じ家に住んでいるというより同じマンションに住んでいる程度に思い始めていた。

ただ、食事は2階で一緒に食べるのでシェアマンションみたいな？　夕食中に高島さんから言われたのがデート。額面通りに受け取れば「遊びに行きましょう」ということだけど、会社を興したいと自分の夢を語った彼女が俺に頼むということは、何か勉強になるところに連れて行って欲しいということだろうか。農家の家はこの間連れて行った。

「実は、いまちょっと勉強しているのが、『野菜の直売所』なんだけど、週末行ってみますか？」

「はい！　狭間さんとならどこでも！」

彼女のキラキラした目を見ると、ちょっと誤解しそうになる。俺が教えるものは素直に見て、学ぶと言っているだけであって、俺とならどこにでも行きたいという意味ではない。

＊＊＊

週末、高鳥さんが休みの日に俺たちは出かけることにした。

彼女はメチャクチャ可愛い服装で今日に臨んだ。ファッションのことはよく分からないけど、白いブラウスでふわっふわの感じで袖の部分の紐が蝶結びになっているやーつー。スカートはブラウンで、ウエストがすごくくびれていて、背中の部分でこれまた紐が結ばれている。全体に夏らしくすごく可愛らしい服だった。品のいいお嬢様らしい服。完全なるデート服。なぜ彼女はこの服を選んだのか⁈　行先は予告通り野菜の直売所だよ⁉

＊＊＊

市内から車で約1時間かけて来たのは野菜直売所。

野菜直売所と言ったら小さくて無人の小屋で100円を竹の集金箱に入れる様なイメージもあるかもしれないがここは広さ1500㎡はあり、ちょっとした学校のグラウンドくらいの広さがあった。

建物も立派で、外観だけを見たらスーパーみたいな感じ。車も200台以上停められ、産地直送の野菜だけじゃなく、新鮮な魚、花、お惣菜などが扱われている一大食材販売テーマパークと言える。

すごいのはここに野菜や魚を持ち込む個人、会社、団体など登録者数が1600名、社近いあることだ。その全てが県内で朝採って、その朝には商品として並べることができるようになっている。

しかも、商品がなくなったら その日のうちに補充できるのだ。野菜なんかも置いているし、加工食品も置いている。つまり、絵にかいたような六次産業の成功例がここにあった。

「すごい。野菜も新鮮だ……あ、これとか仕入れたい！」

「ふふ、狭間さんお休みの日までお野菜なんですね」

高鳥さんに笑われてしまった。ちょっと恥ずかしい。

「ここは六次産業の成功例なんだよ」

「ロクジサンギョウ……ってなんですか？」

「生産が一次産業、加工が二次産業、販売が三次産業で、それら全部を一つのところでやってしまうのが、六次産業っていうの」

「あ、テレビで見たことあるかも」

そう言って、広い店内に置かれた棚の上の大量の野菜をみる俺たち。

「今はエリアごとの農家さんにリーダーを作ってそこに野菜を集めてもらってるけど、エリアごとにこんな直売所があったら、農家さんの野菜はもっともっと売れると思ってさ！」

「はー…そんなこと考えてたんですかぁ」

「だって、いつでも農家の人が野菜を持ち込めるんだよ？」

「そっか、仕入れとしても足りないと分かったとき点で直売所に連絡を入れて野菜を準備してもらったらいいわけですからね！」

「そうそう！　この間の話じゃないけど、急に大量に必要になったらすごく助かると思って」

「でも、それだったら既に他でもやってるんじゃないですか？」

「そう！　すごく頭いいね！　高島さん！　ここは人が野菜をわざわざ車に乗って買いに来るんだよ。だから、農家さんはこの直売所に商品として並べるだけでいい。市内のお客さんがわざわざ車に乗ってここに来たくなる理由が何かあると思ってさ。それを見に来たんだよ」

「つまり、今日は、ここで私と楽しんだらミッションコンプリート？」

「ははは、そうなるね」

この施設では、地元の材料を使った飲食店もあり、見て、買って、食べて楽しめるようになっていた。駐車場の開《ひら》けたところではプチ夏祭りみたいなイベントもしていて、金魚すくいやヨーヨー釣り、射的なんかもあった。俺は歳を忘れて高島さんと楽しんでしまった。風船プレゼントでは彼女はしっかり風船をもらっていたし、それを持った彼女はとても可愛かった。その後は、一緒にご飯を食べて、デザートまで食べた。

「あ！　クレープ！　目の前で焼いてるの面白い！」

建物内では、ガラスの向こう側でクレープの実演販売をやっていた。目の前で薄いクレープ生地を焼く作業は見ていて面白い、その上、具を包む作業はきれいで楽しい上に、変なものは入れていないし、変なこともしていないと安全性を示す上でも効果的だった。

高鳥さんの目が一段と輝いた。さすがＪＫ。高鳥さんも甘いものには目がないらしい。たしかに作ってるのが見れるとつい見てしまう。

「あ、中にアイスが入ってる。クレープ生地がまだ温かいのにアイスは冷たい！　しかも、中に大きな苺のスライスがいっぱい入ってる！」

「あれは、地元のブランド苺だね。アイスがすぐに溶けちゃうから、ここでしか食べられないのも貴重だね」

クレープ生地がまだ温かいくらいでアイスを包むから溶けるのは早い。つまり、ここでしか食べられないメニューなのだ。ちゃっかり地元のフルーツも使われている。偉そうに分析しているけど、見ているうちに俺も食べたくなった。

「食べてみようか？　中くらいのヤツ？」

「んーん、デラックス！」

「一番大きいのかよ！」

「甘いものは別腹です♪」

高鳥さん、ほっそいのに食べ物どこに仕舞ってるんだよ⁉

それでも、野菜直売所とか色気のないところにJKを連れてきてしまったのに、意外と楽しめたし、高鳥さんが喜んでくれたのが無性に嬉しかった。「おいしい」って言ったときの高鳥さんの笑顔がすごく印象的で……そんな自分の気持ちに気づいた気がした休みの日だった。

＊　山本専務Side

私、山本裕子は思う。今信じられるのは、自分とリーダーの長谷川くんだけ。社長はもうすぐ引退してもらわないといけないから、できるだけ頼りたくない。

社長は、売上が20％下がったことを伝えたら烈火のごとく激怒していた。父は直情的な人だから、これが続くと私は降格とか減給もあり得る。会社の引継ぎも遠のく。それはいけない。

高々売上が前年比20％下がっただけ。これを取り返すには、過去のデータと比較して足りない部分を補えばいいだけ。必ず問題はある。社員は信用できない。あの狭間くんですら会社のお金を横領していたみたいだし。手塩にかけて育てただけに憎さは百倍……

そして、調べてみたら、大きく数字を落としているのは大口受注からの数字だった。特に大型ホテルからの受注がすっぽり抜けていることを突き止めた。エリア担当の中野くんは「いつも通りで特におかしなところはない」と言っていた。彼も信用したらいけないのかもしれない。

うちと取引のある大型ホテルは駅近くに集中している。全てのホテルに専務の私自ら挨拶回りに行けば、受注数を伸ばすことができるはず！

まずは、ホテルのトップ、支配人にアポを取って次々会いに行くことにした。

＊

支配人たちに会うのだけど、全然受注が減っている理由が分からない！　ホテルとしては、発注自体は例年と特に変わらないとのこと。これは一つのホテルだけじゃない。どこに行っても景気の影響は多少あれど、大幅に発注が減っているホテルはなかった。

じゃあ、なんでうちだけ取れないの⁉　他に取られているってこと⁉

仲卸は、商品を融通し合って納めているはず。他社の商品が足りないときはうちが、うちの商品が足りないときは他社が融通するのがこの業界の常識。どこかが独占しているとか⁈

なにかがおかしい。でも、何がおかしいのか全然分からない！

＊

今日は、県内で一番大きなホテルの総料理長に挨拶。この総料理長は少し気難しい人だけどいい人だと誰かが言っていた。なにか教えてくれるかもしれない。

「いつもお世話になっています。森羅万象青果の山本です」

「森羅の……どうも、ワシンヒルト・日空ホテル福岡の鏑木《かぶらぎ》です」

恰幅のいいコックコートの男性が挨拶してくれた。ぶっきらぼうだけど、VIP応接室に通してもらえたから、ちゃんとうちのことをリスペクトしてくれている。支配人はご多忙ということだったけど、総料理長でもいいわ。ここなら、なにか話が聞けるかもしれない。私の名前を聞いて総料理長の表情が一瞬険しくなったけど、それは気のせいね、きっと。

「このところの不景気で、弊社も受注数が落ちてきてまして……巻き返しに頑張っているところなんです。そこで、更なる良い関係を築けたらと思いまして、直接ご挨拶に伺った次第です」

「はあ、そうですか……私は森羅の専務さんがどんな方か一度お会いしてみたかったのでちょうどよかった」

「そうですか、それは光栄です」

こんな当たり障りのない会話の中には何の情報もない。実のない会話。なにか聞き出すとっかかりはないかしら……

＊

もう10分は話しているのだけど、鏑木総料理長は私と目を合わせてくれないし、あまり会話も弾まない。好意的ではない印象。ここでも情報なしかな、と切り上げようと思ったときだった。鏑木総料理長が口を開いた。

「うちは現在、発注先を見直しさせてます」

「そうなんですか。最近、うちへの発注が減っているようで……金額でしたらもう少し頑張らせていただきますので、またお声かけ下さればと……」

「私はねっ……！」

急に総料理長が大きな声を出して、すぐに自らを止めるように黙ってしまった。

「あのー、うちに何か不手際があったでしょうか……よかったら教えていただければ……」

「……私は古い人間でね。人の能力も認めますが、信用の部分を大きく評価してます」

「はあ……」

方向性の見えない話が出てきた。

「古いかもしれないけど、義理と人情だけは欠いてはいけないと思ってますよ」

「それは、大変よろしいことだと思います……」

何かしら？　料理バカで女性と1対1になったら何を話したらいいのか分からなくなるタイプかしら？　いわゆるコミュ障？

「狭間くん……クビを言い渡したのは専務さんらしいですね！」

藪から棒な話題が出た。

「え⁉　誰がそんなことを⁉」

「風の噂で聞きました。狭い業界ですからね。彼はうちが困ってるとき全力で助けてくれましたよ。御社の中でも彼はぴかいちでしたね。彼だけは季節ごとの野菜やメニューの提案をしてきたり、近所のホテルの情報を教えてくれたり、本当にうちのことを真剣に考えてくれていました」

「狭間が……ですか？　彼はこちらの担当では……」

「納品のときね、冷蔵庫の中がいっぱいで食材が入れられなくて困ってたら、一緒になって冷蔵庫の中を片付けてくれたりしてね。食材をダメにしなくて済んだこともあったんですよ」

「まあ……」

「それが、突然理由も言われずにクビにされたと聞いたら、うちらだって面白くないんですよ！　うちは他社に積極的に発注してます。それこそ、うちの若いやつらなんか黙ってても他社に切り替えてますよ」

「そんな……それは……」

「料理人は職人ですから、感情で動くところもあると思います。うちらも人間ですから、信用できないところからは何も買いたくないんです」

「……」

それだけ言ったら、総料理長は早々に退室してしまった……

何が起きているの⁉　狭間くんが何かしているの⁉　私には、まだ見えていない何かがあることをここで確信したのだった。

Ch３．高鳥さんのお父様の帰宅とは

「パパが帰ってきます！」

「え⁉　いつ⁉」

「明日の夜です！」

「ええ～⁉」

食後スマホを見ながら高鳥さんが言った。ここまでなし崩し的にお世話になっていたけれど、彼女は家主ではない。当然、親がいて基本は一緒に住んでいる。出張だったり、単身赴任だったりするみたいだから、家を空けていただけ。

俺は、彼女の厚意に甘えてご両親に挨拶もせずに家に転がり込んだ男。この時点で詰んでる。

「あの……高鳥さんのお父様ってどんな方？」

「それはもう厳しくて……」

「ええ⁉」

「ぷっ、ふふふふふ」

「え？　ええ？」

狼狽える俺。それを見て、いたずら成功とばかりに喜ぶ高鳥さん。

「嘘です♪　それにちゃんと狭間さんの事はパパに伝えてますし、心配しなくていいですよ」

「和室に飾ってある日本刀で一刀両断にされない⁉」

「和室にそんなものありませんからっ」

どうやら　高鳥さんに揶揄われたようだ。一方で、東ヶ崎さんは目に見えてそわそわしているんだけど何なんだろう。

＊

「ふーん、きみが狭間くん？」

すぐにそのときは来た。高鳥さんと東ヶ崎さんと一緒に玄関まで出迎えに行った。眉を段違いにした細身の男性が俺にものすごく顔を近づけて覗き込んでくる。少し着崩したスーツ、シャツは第二ボタンまで開いている。その視線は俺の首元に突き付けられた刃物の様な迫力があった。

考えてみれば、俺がここに住ませてもらってから随分になるけど、まだご両親どちらにも挨拶ができていなかった。そういう意味では、高鳥さんの保護者に初めて会うことになる。無職でヒモの俺は明らかに「娘に付いた悪い虫」だよなぁ。

「あ、は、はい。高鳥さんには大変お世話になっています……」

「高鳥さんー？　僕も『高鳥さん』なんだけど？」

「あう、す、すいません。お嬢さんに！」

「うちは、『お嬢さん』が二人いるけど？」

「さ、さっ、さやかさんです！　さやかさんにお世話になってます！」

「パパ！　狭間さんは真面目な方なんです。揶揄わないでください！」

「ごめんごめん、さやか。だって、僕のさやかを攫って行く男だよ？　何か一個くらい意趣返ししてやりたいじゃない！」

お父様は急に目をへにゃりとさせた。さっきまでのマフィアみたいな雰囲気は一転してコメディアンの様な雰囲気。独特な空気を持った人だ。

「あ、東ヶ崎ちゃん。これおみやげね」

「ありがとうございます。お帰りなさいませ」

おみやげの袋を受け取った東ヶ崎さんが深々とお辞儀をした。なんか嬉しそうなんだよなぁ。

「あ、狭間くん！　夕飯は外に食べに行くから、なんか珍しいものが食べられるとこ予約してくれる？」

両手の人差し指を俺の方に向けてお父様が頼んできた。

「え？　あ、は、はい！」

予約くらいはお安い御用だけど、「珍しいもの」か……店のチョイスが難しい。センスも問われるだろうし。俺一人ならファミレスでもなんでもいいんだけど、久々に会った娘と一緒に食事をするなら、ゆっくり話せる店にしてあげたい。

日ごろから良いものを食べているだろうから、ファミレスはあんまりだろう。高級店なんて俺は知らないし、まして融通を利かせてもらえるようなお店なんて……

＊＊＊

「あ、狭間くん！　いらっしゃい！」

ここはレストラン「シーガル」の入口。珍しいものが食べられて、気軽にすごせる店となるところが思いついた。先日の空心菜もそうだけど、納豆ピザとかベリーたっぷりのデザートピザとかも置いているのだ。

「今日はよろしくお願いします」

マスターに軽く頭を下げた。

「なに？　今日は、『娘さんをください』的なイベントなの？　そんな大事な場にうちを選んでくれてありがとね」

こっそりマスターが話しかけてきた。

「いや、違いますから！」

「ぶー、違うんですかぁ～↓」

横で聞いていた高島さんが苦情を申し立てた。お父様に聞かれたら誤解されるからやめて。

＊

当初、親子の二人だけかと思っていたけど、俺と東ヶ崎さんも一緒で四人でとの注文だった。それにしても、俺の隣に高鳥さんが座り、目の前にはお父様。その横に東ヶ崎さんが座った。なんか座る位置がおかしくない⁉

「いい店だね！　狭間くん♪」

「そうですか、よかったです」

「あ、空心菜のピザってこうなったんですね！」

目の前に出されたメニューを見て高鳥さんが輝く様な笑顔で言った。

「なに？　空心菜のピザって」

「ふふふ〜、実はねぇ……」

得意気に高鳥さんがメニューの説明をしていく。それを見てお父様もご機嫌のようだった。俺としてはまだどんな人か計りかねているので緊張は緩められない。

「狭間くん、店の雰囲気もいいし料理もおいしいけどなんでイタリアン？」

お父様は納豆ピザの糸を巻き取りながら訊いた。

「正直、メニューはなんでも良かったのかな、と思いまして」

「ふむ。どういうこと？」

「お父様は単身赴任でお嬢さんに中々会えないのだとか。楽しく会話ができる店がいいな、と。ここならたまたま先日お嬢さんを連れて来たので、メニューについて話とかできるかなって」

「なるほどね」

お父様が顎を触りながら納得したようだった。

「これ、お店からです」

そのとき、マスターがグラスワインを持って来てくれた。

「えー、そんなのあるの？　嬉しいなぁ」

「狭間くんにはいつもお世話になっていますから。今日は最高のおもてなしをしたいとうかがってますし」

「マスター、それは内緒で！」

「ははは……」

お父様は温かい目をしていた。

「マスターの料理はしっかりおいしいね」

「若いときホテルで修業しまして、和洋中いけるんですがイタリアンの魅力にとりつかれまして」

「へー、だからどれもおいしいのか」

「ありがとうございます。最初は本格イタリアンにこだわっていたんですが、日本でイタリアン野菜を手に入れるのは意外と難しくて狭間くんに相談に乗ってもらったのが始まりです」

「そうなんだ」

「色々紹介してもらってるうちに地元の野菜の魅力に気づいて、今みたいなスタイルになった感じです」

「あ、でも基本がしっかりしてるんだろうね。どれもちゃんとイタリアンだしおいしいですよ」

「ありがとうございます。では、ごゆっくり」

マスターは厨房に戻った。

「狭間くんはマスターに好かれてるみたいだね」

「俺は料理があんまりできないので、料理ができる人を尊敬してます。だからですかね？　よく可愛がってもらってます」

「なるほど……いいね。分かった」

お父様はワイングラスを目線より少し上の位置まで掲げ、ワイン越しの光を眩しそうに見ながら言った。

「あ、さやか、例の件だけどお金出してあげるよ」

「ホント？　パパありがと♪」

あ、お父様の気分が良くなったみたいで何かおねだりしていたものが買ってもらえるみたい。いいなぁ、お金持ちは……

「狭間くん、会社経営ってどう思う？」

お父様からの突然な質問だ。雑談かな。

「俺はずっとサラリーマンなので縁遠い存在ですかねぇ」

店選びという大役を終えた後だったので、気になっていた空心菜のピザを食べながら答えた。

「はっはっはっ、正直でいいね」

お父様は楽しそうに答えた。

「国の統計だと新しい会社って1年後には3割潰れてるんだよ。2年目で4割だってさ」

「割とリスク高いですね」

「そうかもね。でも、よく7割持つなって思わない？」

ちゃんとした経営方針じゃないと潰れるって話かな？

「初めて会社を経営するとしたら、7割が1年持つのはすごくない？　普通に考えたらもっと潰れるでしょ」

「たしかに！」

学校で「会社経営」なんて習わないもんな。それだけ日本の教育は、サラリーマンを生産するようにできているということか。

「つまり、既に経営してる人が2社目以降を立ち上げたり、経営を分かってる人からレクチャーされてるってことだよ」

「なるほど」

ちゃんとしたノウハウとか戦略があれば新しい会社でもそれほど心配しなくても大丈夫ってこと

かな?

「さやかが会社を興すって言ったらどう思う?」

「すごいな、と。俺にはなかった発想です」

「じゃあ、どうかな、その会社で働きたい?」

俺は無意識に高鳥さんの方にちらりと視線を送った。

「……」

苦笑いしか出ない。

「……正直だね」

お父様はにやりと笑った。俺の気持ちを察してくれたらしい。JKが思い付きで始めた会社と聞くと、すごいとは思うけれど、自分が働きたいかと聞かれたら二の足を踏んでしまう。

「すいません」

「じゃあ、30社以上経営していて、100社以上コンサルしてる僕が経済的、頭脳的に支援すると言ったらどう?」

誰かを想定して、「それならちゃんとした会社だ」と思わせることを考えているのかな? 俺はその実験台的な?

「そこまでだったら安心できそうですね……」

「働けそうかな?」

「はい」

それだけバックボーンがちゃんとしていれば、ＪＫのお遊びじゃない。資金的にも補助してもらえるってことだから、軌道にも乗りやすいだろう。その「想定している誰か」も納得だろう。

「それでもトラブルは絶対に起こるよ？　一緒に頑張ってくれそう？」

「まあ、そうでしょうね。でも、彼女は人から好かれますから何とかなるでしょう」

「うん、そうだね、僕も同じ考えだよ。じゃあ、公私ともに娘を頼むよ」

「……ん？」

「この子は見ても分かると思うけどすごく可愛い子なんだ。僕の宝物なんだよ。でも……あ、いや、続きは社長から言ってもらおうかな」

「え？」

まだ今の状況が理解できてない。

「では、狭間さん、明日から狭間さんはうちの会社の役員として迎えます」

「は⁉」

高島さんがにやりといたずらっ子な表情をした。

「給料はとりあえず、1年間は従来の2倍は確保します。随時上げていきたいと思います」

「ええ⁉」

「業種は、青果卸業です。現状、青果市場の購入権はまだありませんので、他から仕入れる必要があります」

「え？　あ、はい、ん？　あれ？」

ダメだ。今言われていることに頭がついていかない。

「あと、運搬に必要な保冷トラックですが、２t車を一台購入してください。どれがいいのか私は分かりませんから、選定からお願いします」

「ええ⁉　は、はい」

「東ヶ崎さんは、事務兼秘書として働いてもらいます」

「承知しました」

え⁉　東ヶ崎さんって、ただの家政婦さんじゃないの⁉

「狭間さんは、農家さんを回りながら、空いた時間で仕入れ先と納入先候補のリストを作成してください」

「あっ、はい……」

俺はいつの間にか高鳥さんの会社の社員になっていた。あれ？　しかも、結構なところ俺に丸投げじゃね⁉

「あの……質問いいですか？」

俺がおずおずと手を上げて質問を申し出る。

「どうぞ、何でも聞いてください♪」

実に生き生きしている表情。彼女は根っからのいたずらっ子なのかもしれない。

「会社名ってもう決まってるんですか？」

「当然！　既に正式に登記してます！」

「ちなみに、社名って……？」

「『株式会社さやか』です」

「株式会社……さやか……」

さやかは高鳥さんの下の名前。自分の名前をそのまま社名に付けるって……

「狭間さんが全然下の名前で呼んでくれないので、強引に呼んでもらおうと思って」

やられた……そんなんで社名を決めていいのかよ⁉

「公私ともによろしくお願いしますっ」

「え⁉　あ、はい……よろしくお願いします。社長……」

「そこは、『さやか社長』では⁉」

「俺は芸人じゃないので、『お約束』は通用しないです……」

「あ、僕の事は『パパ』って呼んでね」

お父様、改めさやかパパは人懐っこい笑顔を浮かべた。

なんか、俺の人生が変わっていく……俺の中の「普通」では、会社経営にかかわったりしない。

どこでこうなったのだろう……

しかも「公私ともに」ってなんだろう⁉　背中に変な汗を感じている俺だった。

家に帰ると高鳥さんに屋上に呼び出された。この家は屋上もあるのか。暗くなった空に街の光がきれいでこの景色もこの家の価値の一つだと思えた。

「ごめんなさい、びっくりしましたよね？」

「えーっと、あれは冗談じゃなくて俺って高鳥さんの会社の社員……ってこと？」

「高鳥さんー？」

高鳥さんが不機嫌な表情を浮かべて聞いてきた。圧が凄い。

「さ、さやかさん」

「はい♪　これからは、さやかでお願いします♪」

エンジェルスマイルで答えた。鬼か天使かを選ぶとしたら、俺は迷わず天使を選ぶ。今後は、さやかさんと呼ぶことにしよう。

「あと、狭間さんは『社員』じゃなくて、『役員』です。役職名は『専務』です」

「え⁉　専務⁉」

専務というと、裕子さん……元の会社の専務、山本裕子さんを思い出してしまう……

「現状私、漠然と青果卸業ってしか考えてないので、仕入れ先の確保と納入先候補のリストアップをお願いします」

丸投げ⁉　会社としてどうやって利益を上げるかって部分は⁉

「あと、平日昼間は私、学校に行きますし、学校が終わったらこれまで通りバイトに行きますので」

「ええ⁉」

社長が高校に通うってのも面白いと思うけどそれは応援したい。高校生だし。でも、バイトは⁉なんで⁉

「ふふふふ、私に考えがあります。楽しみにしていてください」

あ、高鳥さん改め さやかさんが悪い顔をしている。この人はこの顔が似合う。顔が整っている分余計に怖い。

「不安ですか？」

さやかさんが俺の顔を見て訊ねた。

「まあ……なにぶん、初めての事ばかりで……」

「大丈夫ですよ、狭間さんはあのパパが認めた方ですから」

そうなのかなぁ……都合よくちょうどよさそうな面倒見係りが近くにいたからあてがっただけじゃないかな……

「あと、早速パワハラなんですけど、狭間さん私と付き合ってください」

「え⁉」

一瞬、時間が止まった。「〇〇に行くから付き合ってください」的なお約束だよね⁉

「……その、会社で見かけたときから気になってて……農家さんとかとの関係とか見ても尊敬できて……ずっと好きでした」

違ったー！　いや、違ってなかったー！

さやかさんに恥じらいと緊張の表情が浮かぶ。そして耳まで真っ赤。それこそ湯気でも上げそうな勢いだ。いたずらではなく、本気で勇気が必要だったと見て取れた。

さやかさんにはいい印象しかないし、一緒に出かけたときはすごく楽しかった。こんな子と付き合えたらと勝手に俺も同年代の高校生になった想像をしたこともある。

でも、歳が10個も違う俺と彼女が付き合うなんてファンタジーだと思っていた。

「パワハラならしょうがないですね。よろしくお願いします」

普通に告白されていたら、断っていただろう。断るというか、辞退というか。彼女はまだ若いし、すぐに気が変わるかもしれない。

俺も裕子さん…前の会社の専務のことを引きずってないと言えば嘘になる。一時は心が通じ合ったと思ったのだから。

そう、あのキスのときまでは……

恋愛に臆病になっていたところは否めない。ところが、これは「パワハラ」なのだから、しょうがない。こんなパワハラなら、いつでも喜んで受けたいものだ。

それにしても、付き合い始めること一つでも、言い訳というか、大義名分というか、そんなものが必要になるなんて、歳をとると面倒になるもんだ。

さやかさんは、屋上の立ち上がりの壁に肘を預けて遠くを見ながら話し始めた。

「私 最近、パズルを始めたんですけど、やっと全部ピースが揃いました」

パズルとは、最初から全部揃っているものではないのだろうか。最近の若い子の間では、買い揃えていくタイプのパズルでも流行っているのか。

「もうすぐ完成なんですけど、最後の最後でちょっと躊躇というか、罪悪感というか、そんな気持ちが出てきてしまって……」

「せっかく揃えたんでしょ？　どーんと思い切って完成させたら？　たしかに、パズルは作っている最中はストレスで、完成するとなると少し寂しい気もするけど、完成しないパズルはやっぱり可哀相だよ」

「……そうですね」

さやかさんは、頬の辺りの髪の毛を耳にかけながら更に続けた。

「ホントは、もう一個気になってて……ちょっと不躾な質問してもいいですか？」

ＪＫが「不躾」とか、そんな言葉を使うだろうか。俺がそんな言葉を覚えたのは社会に出て何年も経ってからだ。

年齢よりも大人びている彼女。見た目も、心も、知識も、振る舞いも。

好きだと言ってくれた彼氏の俺も、10歳も年上だ。俺は彼女になにか無理をさせていないだろうか。28歳の俺にとって、18歳の彼女は、ときとして子供の様で、ときとして大人の様で、とても不思議な存在だった。

一言で「好き」と言ってしまうには言葉が足りない……「興味」「可愛さ」「綺麗さ」「愛しさ」「庇護欲」「独占欲」……色々な感情と欲望が混ざり合って複雑な色を成している。そんな気持ちで俺は彼女を見ている。

迂闊に手を触れてはいけないような高貴な感じもあるし、俺だけのものにしてしまいたい独占欲もある。

そんな彼女と二人、屋上での時間。

俺は年甲斐もなくワクワクしているし、変なテンションになっていることに気がついた。屋上というシチュエーション。まるで、高校時代の学園祭の準備期間みたいな、そんな特別なワクワクした気持ちになっていた。

「そうだ、質問ってなにかな？」

「その……裕子さん……山本裕子さん、株式会社森羅万象青果の専務、山本裕子さんと過去にどんなことがあったんですか？」

なぜ今、ここでそんな話が出てくるのか、俺には全く理解ができていなかった。高校生のときなど、好きになったり、付き合い始めたりしたら、相手の過去の恋愛が気になるものだ。それは年齢的なものというか、純粋だからこそというか……歳を取るにつれて当然相手には過去がありそんなもんだと自分を納得させ折り合いをつけるのが上手くなっていくもんだ。

でも、さやかさんはまだ18歳。

彼女が過去に彼氏がいたとしても何かあったといっても、いいとこキスとかくらいだろう。肉欲におぼれて……という雰囲気はない。それだけに、俺の過去が気になったのかもしれない。

俺は俺の、自分の過去の……すごくカッコ悪い話を彼女にすることにした。それが今の俺にできる、彼女に対する精一杯純粋な誠意だった。

「裕子さんとは、あの会社に入ってから知り合ったんだ。当時、俺は18歳、彼女は28歳か、29歳だったと思う……彼女は主任、俺はまだ平社員だった」

俺の言葉を、さやかさんは黙って聞いていた。

「社会人になったばかりの俺はとにかく闇雲に働いてた。とにかく、一生懸命だった。裕子さんは、そんな俺のことを可愛がってくれて、俺も彼女のことを少しお姉さんだとは思いつつも女性として好きだった」

「…」

「デートしたりして、何年もかけて少しずつ仲良くなってある日、初めてキスをした……」

「っ……」

少し辛そうな表情をするさやかさん。それはどういう感情だろうか。俺の過去の恋愛が許せないのか、嫉妬なのか何なのか……

「俺は色々に疎くて、彼女が社長の娘だと知ったのは、入社して5年は経ってからだった。ちょうどキスしたころ、彼女は既に課長だったけど、今度部長になると聞いた。彼女は俺たちより2段抜かしで出世して行ったんだ。俺はキスの後、『段々離れていくけど、ずっと好きだよ』って伝えた」

さやかさんは、俺の顔を見ているけれど、何も言わず話を聞いてくれている。

あのときの裕子さんは、どんどん出世していって、俺はそのまま平社員だったから取り残された感はあった。立場はどんどん差が開いて行ってたからなぁ。

「その後くらいかな、急に彼女が冷たくなって、デートもしなくなって、自然消滅っていうか……疎遠になったのは。後で知ったけど、少し前に入社した長谷川さんと付き合ってるって……結婚前提って聞いて……彼は売上トップだったから、俺は実力が足りなかったんだと……それから更に頑張って……」

もう話は　ほとんど終わりだけど、さやかさんは　まだ一言も言葉を発していない。ちゃんと俺の話を聞いてくれるつもりらしい。

「結局、彼の売上を超えることはできなかったし、俺は平社員のままなのに対して、彼は『リーダー』になったし……営業としても、男としても、彼には負けたままって感じで……これで終わりだよ。情けないただの俺の黒歴史。酒の席での笑い話にもならない、ただの恥ずかしい過去……」

好きだった女性に仕事で抜かれて、ライバルの男に攫われて、挙句の果てにリベンジもできなくて……我ながら恥ずかしい。

「それで……」

ようやく、さやかさんが口を開いた。

「それで、売上を上げ続けていたんですね。今では……今ではどうなんですか？　専務に……裕子さんに未練はあるんですか？」

真剣な表情と、彼女にしては勢いのある言葉に、俺は圧倒された。

でも、少し考えて答えた。

「たしかに、闇雲に働いていたと思うけど、それは未練みたいなもんじゃなくて……認めて欲しかったというか、俺が足りなかったんじゃないって証明したかった……みたいな？」

「チャンスがあれば、証明してまた裕子さんとよりを戻したいですか？」

俺は無言で、ふるふるとゆっくり首を横に振った。

「あれはもう、昔のこと。5年も前の話だ。俺がどうだとしても、彼女も5年進んだ。俺とは違う道を5年間進んでいる。もう、戻らない……それに……」

一拍空けてから俺は続けた。

「俺には可愛い彼女ができたからね」

観念した様に答えた。

さやかさんの表情が途端に明るくなった。

「じゃあ、私と……キス……できますか⁉」

彼女が、ずいっと俺の前に出てきた。俺の可愛い彼女はキスをご所望らしい。こんなおっさんでいいのだろうかと一瞬思ったけど、それを今言うのは野暮というもの。

彼女の肩に優しく手をのせて、軽く引き寄せ、優しくキスをした。

5年前の裕子さんとのただ一生懸命だったキスと違って、相手のことを見て、自分の気持ちを少しでも伝えたいと思ってのキス。

二人の影はしばらく一つになった。

やがて、ふたつの唇が離れると、さやかさんがくるりと後ろを向いてしまった。

「わたっ、私は！　キスの後、何も言葉は期待してないから！　いらないですから！」

後ろを向いているけど、耳まで真っ赤なのが見える。

俺の過去のトラウマに対して気を使ってくれたのだろうか。10個も年下の女の子に気を使われたのなら、俺は相当ヤキが回っているのだと思った。

＊＊＊

最近、レクサスのSUVを借りて農家を回っている。保冷トラックは選定に時間がかかるし、納車までも時間がかかるからだ。保冷トラックを調べるついでに、このレクサスについても調べてみたら、多分 最高グレードのヤツだ。

さやかさん、見た目は普通に可愛いけど、すごいお金持ちの家の子らしい。家なんか もはやビルだし。車を運転する人が家にいないのに1階に6台も高級車が停まってるし……

多分、さやかパパやお兄さんが帰って来たとき用だろうけど。

さやかさんは平日で普通に学校に行ってしまった。今日から彼女が社長なんだけど……ところで、会社ってどこだ⁉　登記したなら会社の所在地があるはず。俺はどこに出社したらいいんだ⁉

とりあえず、今日は久しぶりに佐々木さんのところに行く予定にしていたので、そちらにいくことにした。以前、さやかさんを連れて行ったことがある農家のおじいちゃんとおばあちゃん。

結局、空心菜は好評で例のレストラン「シーガル」の他、八百屋、スーパーに納めることになった。まだ名刺がないので何もできないけど、以前 取引があったレストランとかにも挨拶がてら持って行っても面白いだろう。

もう、エリアとかないから行きたいところに行けるし、自分がさばける量を好きなだけ仕入れることができる。青果市場から仕入れられないのは痛いけど、とりあえず、以前取引があった同業他社から買うのもいいかもしれない。

やりたいことがありすぎて、楽しみすぎて、無意識に鼻歌が出ていた。

『遠征してませんか?』

約束の野菜をSUVに積んで納品先の八百屋に向かっているときに さやかさんからLINEが届いた。

どうしたのだろう?

「今日は市内だよ」

『帰る時間頃に学校まで迎えに来てもらえないですか?』

「いいけど、またケガしてないよね？　今度は熱とか⁉」

『ケガも熱もありません。でも、よろしくお願いします』

メッセージの後に犬が土下座したスタンプが貼られた。うちの社長様よ……

でも、なんだろう。前回、突然迎えに来てと言われたとき、彼女は足首の捻挫をしていた。何もなければいいのだけれど……。多少気になるので、少し早めに向かうことにした。

＊

学校には着いたけど、ちょうど下校時間とぶつかってしまって校門付近には生徒が多い。幸い道幅も広いし、交通量も少ない。脇に停車させてもらって、さやかさんが出てくるのを待つか。

もちろん、駐車禁止でも停車禁止でもない。標識は日常的にチェックする癖がついているのでこういうときも欠かさない癖がついている。

『ホームルームが終わったので、車から降りて待っていてください』

新しい指令が来た。車から降りて待つ？　急いでいるってことだろうか？　いまいち意図はつかめないが、俺にとって彼女兼社長のさやかさんが言うことに抗う理由はない。SUVのドアを開けて校門の方を見ながら　さやかさんを探す。最後のメッセから10分くらい経過しても彼女は現れない。大丈夫かな？

それよりも、校門を出ていく生徒にめちゃくちゃ見られるんだけど……。そりゃあ、学校の校門前に高級車停めて学校の中をきょろきょろ見てるもんなぁ。不審者かなんかと間違えられそう……事案になるか……と俺の心が折れそうになったころ、さやかさんが友達4人と一緒に出てきた。よかった。職務質問されたらアウトだった。自称会社員（？）いや、会社役員（？）……でも、自社の名刺すらない。怪しすぎる。俺が警察官ならそんなやつは信用しない。

俺の顔が見えると、さやかさんは嬉しそうな表情で駆け寄ってきてくれた。

「迎えに来てくれたんですか？　ありがとうございます」

あれ？　自分で迎えに来いってメッセ送ってきたのに？

「高島さん、どなたですか？　彼氏さん？」

「へへへ、そうです」

なんだこれ？　知らないJKに囲まれてキャイキャイなってる。おじさんノックダウン寸前なんですけど⁉

「彼氏さんカッコいいですね！　高島さん ずっと誰とも付き合ってないと思ったら、こんな方がいらっしゃったんですね！」

「恥ずかしながら、片思いの期間が長くて……」

「馴れ初めは？　馴れ初めは？　どこで知り合ったんですか？」

「では、今度ゆっくりお話ししましょう。今日のところは失礼しますね」

「あ、はい、ぜひ。それではまた」

「はい、また明日」

流れ的に、ドアを開けてあげると静かに さやかさんがSUVに乗り込んだ。俺も運転席に乗り込んで静かに走り出した。ルームミラーではさっきのJKたちが小さく手を振っているのが見える。さやかさんに至ってはシートに座ったまま窓を開けて後ろを見ながら手を振っているほどだ。

数分走ったところで、彼女が静かにパワーウインドウを閉じた。

「……」

「……」

「なんだったんですか？　今の……」

「ごっ、ごめんなさい！　本当にすいません！　どうしても友達に彼氏を自慢したくてっ！」

さやかさんが、いきなり俗っぽいことを言った。

「そんな、俺なんか自慢するほどのもんでは……」

「何を言ってるんですか！　私が好きになったんですよ！　背は高いし、カッコいいし、優しいし、腕の筋肉がすごいし、仕事できるし、今や会社の役員で高給取りですよ!?　高級車で私を迎えに来てくれて、逆にどこがダメなんですか！」

「そう言ってもらえると……」

実際、色々ツッコミどころは満載だ。腕の筋肉は荷物を日々運んでいるから自然に付いただけだし、会社役員は彼女の会社だし、高級車に至っては借り物だ。

「あ、すいません、つい……」

そう言うと、さやかさんが静かになった。彼氏を友達に自慢したかったたって……普段は大人びて見えるのにこういうところは高校生らしくて可愛いな、と俺もニヤニヤが止まらないのだった。

＊＊＊

「狭間さん、来週の月曜日は13時以降、時間を空けておいてください」

「はい。それは、会社的ですか？　それともプライベートで？」

「……両方です。13時にはここに待機しておいて欲しいんです。その後、LINEしますから、入ってきて欲しいんです」

彼女が指示した場所は、俺にとって最も意外な場所だった。

「その前日の日曜日、デートしませんか？」

俺としては訳が分からなかったけれど、可愛い彼女がデートをしたいと言ったのならば、答えるのが彼氏というもの。喜んでＯＫした。

この日のデートは、野菜は関係なく、街をぶらぶらした。

デートに着ていける服なんてなかったので、お店のマネキンが着ていたそのままの服と、ネットで調べたカバンの組み合わせなのだけど、ＪＫから見てダサくないだろうか。

駅前のモニュメントの前で待っているとやたら周囲からチラチラ見られる。もしかして、俺ダサ

い⁉

約束の10分前に彼女は待ち合わせ場所に着いた。社会人らしく10分前行動、完璧。

彼女は、夏らしいさわやかなファッションで登場した。白いブラウスに薄い緑のキャミソールフレアワンピース。スカートの丈が少し短くて、膝よりも少し上だったのは若さを際立たせていた。

彼女の顔が見えたので、俺が少し手を上げると、それまで不安そうにきょろきょろしていた彼女が、満開の笑顔でこちらに駆け寄ってきた。

「おはようございますっ！」

「おはようございます」

彼女の笑顔の挨拶に、俺は微笑で答えた。

「どうしたんですか？　少し焦ってます？」

「実は……さっきから視線を感じてて、この服　変かな？」

「本気で言ってますか？」

さやかさんの顔がちょっとマジだ。

「やっぱり変？」

「カッコいいですよ♪　あ、やっぱりそのまま気づかないままでいてください」

さやかさんが、ニッコリして腕を組んできた。どうやら彼女的にはＯＫだったらしい。他がなんていうかはこの際、知らん！　彼女がいいと言えば、俺的にはＯＫだった。

「今日のデートプランは、どこか行きたいところがあるんですか？」

彼女に誘われてのデートだったので、何か目的があるのかと思って最初に確認した。

「あ、一つ欲しいものがあるので、付き合ってもらえますか？」

「さやかさんが望むなら、どちらへでも」

「今日の明日で間に合うかなぁ……」

「時間がかかるやつなんですか？」

「見てからのお楽しみです♪」

そんな感じで俺たちは、服屋、小物屋、雑貨屋、などなど色々見て回った。

軽く店を見て回って、映画を見て、その後食事をしながらさっき見た映画の話をした。

二人ともエセ映画評論家ばりに、どこが良かったとか、どこは残念だったとかいう話で盛り上がった。

たくさん歩いて、たくさん話して、たくさん笑って、気づけば夕方。

帰り際、駅に着いて、普通のカップルならば分かれて、それぞれの帰路につく。

ただ、俺たちは同じ家に住んでいる。俺は、改めて彼女の前に手を出した。彼女も意図を理解したのか、俺の手を取り、手をつないだ。

「言い忘れましたけど、その服とても似合っていて可愛いですね」

俺は朝 言い忘れたことを、忘れないうちに今日のうちに伝えた。

「そういうのは会ってすぐに言って欲しかったです！」

さやかさんが、頬を膨らませて可愛い握りこぶしを肩の高さまで持ち上げた。

「歳を取ると素直になるのに時間がかかるんです」

「もー！　そんな事ばっかり言って！　知りません！」

そんな軽口にも似た会話をしながら、俺たちの家に帰った。

つながれたその手は家までそのままだった。

Ch 4. 終わりの始まりとは

私、高鳥さやかは、株式会社森羅万象青果のアルバイト事務員だ。事務員は私を入れて全部で3人。私はあまり戦力になっていないだろうから実質2人かな。

今日は、社長の召集で社員全員が事務所にいる。仲卸の仕事は朝が早いので、普段ならこの時間には退社する人もいるけれど。

「あれ～？　高鳥ちゃん！　今日はメガネかけてないんだね！　でも、なんでこの時間にいるの⁉　学校は？　サボり？　このあと、俺とご飯食べに行く～？」

ちょっと嫌みな感じの軽口は中野さん。狭間さんの1年先輩でLINEや電話で狭間さんの悪口を言った人……

「私たちは、これが終わったら仕事なので、またの機会に……」

永遠に来ない「またの機会」。

今日は、会議室のドアを全開にしてみんなの机の部屋とつなげ大会議室の様になっている。通常ならば、年末年始の挨拶くらいしかこの使い方はしないらしい。私はアルバイトなので初めての経験。

「社長の話、なんですかね？　専務聞いてますか？」

「いいえ、でも、この時期に社員全員を集めると言ったらアレかしら……随分、悩んで決めかねていたみたいだけど」

「もしかして、アレですか⁉　ついに⁉　世代交代的な⁉　裕子さんが社長的な⁉」

「社内では、『裕子さん』はやめてって言ってるでしょ！」

「あ、ごめんごめん」

わざと聞こえる程度に小さくない声で話すリーダーの長谷川さんと専務の山本裕子さん。専務は、狭間さんにクビの宣告をした人。たいして調べもせずに。告訴するとか言っていたのに、結局 狭間さんが退職してから何か月も経過したのに何も言ってこない。この人は、いつも自分が正しいと思っている人。そう、思い込んでいる人。

珍しく社員がみんな集まった社内はザワザワとしていた。自分の机についている人、会議室の長机についてパイプ椅子に座る人、立っている人もいる。

私は、いつもの事務机の椅子に座っていた。

そのうち、わざとか知らないけれど一人遅れて社長が事務所に入ってきた。

「お疲れさま。みんな、お疲れさま、ね。とりあえず、適当なところに座ってください、ね」

たしか65歳のおじいちゃん。歳よりも老けて見えるのは仕事のしすぎだろうか。それとも怠けた結果だろうか。

「えー、今日はねぇ、他でもない。令和になって、ね、世の中も変わってきている訳です。我々も新しくなって行かないといけない、ね」

狭間さんの話だと、変化を一番嫌うのが社長って話だった。これをもし聞いていたら狭間さんは苦笑いしていただろうか。……それにしても「ね」が多い！　高校の校長先生でももう少し気の利いたことを言うし話もうまい。

「そこで、老兵となった私も、ね、そろそろ引退して、後進に会社を引き継ごうと考えた訳ですよ、ね」

「おっしゃ！……あ、すいません」

フライングしたのは長谷川リーダーだった。社長に睨まれて静かになった。

「トップが変わると会社も変わるから、ね、みなさんの雇用を約束してくれる方、そして、これからのね、株式会社森羅万象青果を盛り上げてくれる方、ね、そして、会社を未来に向かって進めてくれる方、ね」

もうね、「ね」しか入ってこない。あんまり実のある言葉のようにも思えない。社員のみんなもその次に何を言うのかに気持ちは既に移っているように見える。

「そこでね、今日は来期からの新社長を紹介します、ね」

社内がザワザワと騒がしくなった。みんなきょろきょろしている。誰も事前になにが起こるか聞かされていないようだ。

ただ、専務は佇まいを正していた。

「高鳥さやかさん」

「はい！」

社長に名前を呼ばれて私は席を立つ。

隣に座っていた事務の鈴木さんが「あなたじゃないわよ」くらいの勢いで慌てて私を座らせようとしていた。ごめんなさい。間違いじゃありません。

私は静かに立ち上がり、ツカツカと現社長の横に歩いて行き、みんなの方を向いて社内全体を一度見渡しお辞儀をした。

＊　山本裕子Side
次期社長には、私、山本裕子がなるものとばかり思っていた。この会社は父の会社。私は後を継ぐべくしてこの会社に入社して、今日まで働いてきた。

――こんな召集聞いてない。

――こんな話聞いてない。

世代交代の話は何度もしたけど今日だとは聞いてない。そして、呼ばれた名前は……

「高島さやかさん」

……どういうこと⁉　彼女は事務員。しかも、高校生アルバイト。お父さんはおかしくなってしまったということ⁉　社内もザワザワしている。

横を見たら、長谷川くんが顔面蒼白。完全にフリーズしている。大丈夫よ、これは何かの間違いだから。会社を継ぐのは私。娘である山本裕子なのだから。

訳が分からない。視界が歪む。立っているのがやっとだった……

「あー、高島さやかさんはね。株式会社さやかの代表取締役で、ね、我が、株式会社森羅万象青果は株式会社さやかの100%子会社になります、ね。これにより資金調達が……ごめん、ごめん、みんな、静かにして！」

訳が分からない単語が次々出てくる。社内が最高潮に騒がしくなっているのもしょうがない。

なに⁉　うちが子会社⁉　うちは完全独立の会社でしょ⁉

ザワ

ザワ

ザワ

（バンッ‼）

（シーン……）

高島さんが掌で机を叩いた音で社内はシーンと静まり返り、窓の外にバイクが走る音までが聞こえるようになった。

「ん、んん！　静粛に願います」

咳払いの後、うちの事務員服を着たままの高島さんが座っている社長の横に立って、話し始めた。

「改めまして、株式会社さやかの代表、高島さやかです。これから、この会社にとって非常に重要な発表をしますので、どうぞ最後まで静かにお聞きください」

彼女は、高校生とは思えない程冷静にそして、淡々と言葉を紡いでいく。

私を含めみんなまだ信じられないという気持ちと、新社長が高校生ということに現実感がなく半信半疑で飲みこめていないところがあった。悪い夢でも見ているのではないだろうかとはこんなときに使う表現だったらしい……

「株式会社さやかは、株式会社森羅万象青果を１００％完全子会社化します。新社長は私、高島さやかが兼任します」

みんなさっきのことがあったので、声には出さない。社内は静かなままだけど、みんなきょろきょろして明らかに落ち着かない。

「なお、私はご存じの通りまだ高校生で、若輩者ですし青果卸については全くの素人です。そこで、ベテランやり手の部下を付けることにしました」

高島さんはスマホを取り出し、どこかに電話しているようだった。

「あ、いいですよ♪　今が最高のタイミングです。入ってきてください」

彼女は少しいたずらっ子の様な表情でそう言っていた。

＊＊＊

「なんで犯罪者の下で働かなければならないんだ⁉」

「こいつの商品をどれだけ工面してやったか」

「こいつ仕事中LINEポチポチして遊んでばっかなんだよ！」

「会社の金を着服して売上がどんどん減ってる！」

「なんもかんもやりっぱなしでクビになったヤツだろ！」


室内には怒号が響いていた。それというのも……

「私の優秀な部下を紹介します」

「あ、ども……」

俺、狭間新太は、高島さやかさんに呼ばれて、古巣の株式会社森羅万象青果のドアを開けて入室

した。さやかさんが作ってくれた新品のスーツを着て。

あのデートの日、さやかさんと行った店の一つが服屋。それもスーツの仕立て屋だった。新品のスーツは俺の心を助けてくれているようだった。そうでなければ、ここに立っていることはできなかったかもしれない。

会社をクビになって数か月。久々に見た顔も多い。ただ、これだけ分かりやすい悪意を向けられると、気持ちいいもんじゃない。

正直、身体が硬直して動かなくなっていく。

社内は再びザワザワしている。怒号も飛んでとても話しができる様な場面ではない。

高鳥さんの方を見ると、誰も座っていないパイプ椅子を畳んでいた。何してんのこの子⁉

そう思ったら、次の瞬間、思いっきりパイプ椅子を持ち上げて、机に叩きつけた。

（バンッ）
（シーン……）


再び静寂が訪れた。

「ここは小学校ですか？　もう一度言いますけど、これから自分たちの会社の重要なことを話します。静かに聞いてください」

虚を突かれたのか、みんな静かになった。一旦冷静になったというか、我に返ったのかもしれない。それにしても、普段の静かな感じの彼女からは想像もできないアグレッシブさだ。

「えー、こちらの、狭間新太さんのことですけど、みなさんが良くない感情を持っているのは理解しています。でも、みなさん いい大人がそろいもそろってバカじゃないんですか⁉ 狭間さんが売上をどうにかしているとか言っている人、本気ですか⁉ 狭間さんが辞めてから何か月たったと思ってるんですか⁉ あり得ないです。現状 売上が下がっているのは別の理由です！」

そう言うと、いつの間にか室内にいた東ヶ崎さんが、準備していたA４の紙を高鳥さんに手渡し、彼女はそれをみんなに配り始めた。

全体に行き渡るように紙は横の人その横の人と手渡しされていった。

正直、俺の針の筵は変わらない。恥ずかしながら、俺は高鳥さんの横に棒立ちで立ったままだ。役立たずとは今の俺みたいなヤツのことを言うんだろうな。

「はい、今配ったのは、昨年と今年の個人ごとの売上比較です」

人ごとに色分けされていて、誰の売上なのか名前が書かれている。

「それぞれご自身の売上の数字を比較してみてください。昨年を超えている方、いらっしゃいますか⁉」

営業が一斉に静かになった。

「大口受注はエリア担当が売上てますよね⁉ じゃあ、その情報は誰が持ってきてるんですか⁉

はい、中野さん！」

「え⁉」

急に当てられて答えに窮する中野さん。

「……何となく情報が来て……不足分商品を……集めて……」

「他社からの情報はそんな勝手に来ません！　なんとなくも来ません！　他社の担当者の連絡先をご存じの方！　挙手してください！」

さやかさんが部屋中を見渡してから続けた。

「いませんね。相手方だけがこちらの連絡先を知っていて、一方的にうちに利益になる情報くれると本気で思ってるんですか⁉」

「いや、それは……」

「狭間さんのスマホは未だに1日中鳴りっぱなしですよ⁉　情報の連絡役を全部狭間さんに押し付けてませんでしたか⁉」

「……」

中野さんが押されている。10歳以上年下の高校生の女の子に押されている。

「そして、大口の情報があったとき、どこから商品を集めてくるんですか⁉　はい、畑中さん！」

次は、畑中さんが指名された。畑中さんは、中野さんよりも年上で、経験も長いベテランだ。

「自社と、足りないときは　他社から……」

「他社の担当者の連絡先を誰も知らないのに、どこに連絡するんですか⁉」

「でも、今まではそれでなんとか……」

「それは、狭間さんが商品をかき集めてたからですよね？　社内の分は集まるでしょう。でも、それだけでは足りないですよね。だから、今は大口が取れないんです。そもそも情報が来ませんけど」

「……」

この後も資料が次々でてきた。東ヶ崎さんが作ったのだろうか。すごく分かりやすい資料で、一目で言いたいことが分かるものだった。こういうのってセンスというか、経験というかすごく大事なんだよなぁ。

ここまでは俺の濡れ衣を晴らす内容だった。その内容は当然知っていた。しかし、ここからは俺の知らない事柄が上げられていくのだった。

＊

これまで悪とされてきた俺の無実が、さやかさんによってエビデンス（証拠）付きで証明され社内は沈黙した。そのときの資料が、前知識がなくても分かるようなもので、詳しい内容を知らない事務員の二人も話について来れているほどだった。

資料作成はきっと東ヶ崎さんだな。目が合ったらにやりにやりとしてこちらを見てサムズアップしてたし。アニメだったら絶対、目から星がキラーンって出てるエフェクトが表示されているだろう。

あの人も謎だ。しかも、すげえいい笑顔。あの人、絶対ただの家政婦じゃないな。

「森羅では、クラウド会計ソフトを使い始めたのはご存じの方もおられるかもしれません。事務の方がやっと今期の今月分まで入力してくださってます」

さやかさんが言うと事務の二人がウンウンと頷いていた。

「まず、お知らせしておくと、これにより個人の仕入れ、売上、利益率なども一発で分かります。グラフ化もできますので、視覚的にも分かりやすいですし、営業全員を比較することもできます」

営業を中心に小さくザワザワが始まった。

「ここで質問ですが、仕入れ伝票と売上伝票の数字を比較したら数字が合わないようですけど、差はロスですか？」

「せっ、青果は生鮮食料品だから、必ずロスは発生するんだ！」

長谷川リーダーが慌てて口を挟んだ。

「仕入れた日とロスになった伝票の日付が同じ商品があるんですが、仕入れたその日にダメになる商品がどの程度ありますか？」

さやかさんが室内を見渡すけど、みんな目を逸して何も言わない。どういうことだ⁉

例えば、足が速いきゅうりだって今日仕入れて今日ダメになることはない。葉物のレタスだって収穫からだから1週間は持つ。

今日仕入れて今日ダメになるようなものは、小売店も販売できないからまず商品にならないだろう。そんな商品は当然存在しない。

「ちなみに、会社を引き受けるに当たって、過去5年分の伝票も既に入力済みですけど、私が目をつけたのは現金での取引です。うちは集金にも行ってますね」

「現金取引じゃないと取引できないところは確実に存在する。当たり前だ！」

長谷川さんがぶっきらぼうに答えた。

「その現金取引は年々額が減ってます」

年々銀行振り込みなど、目の前で現金を扱わなくなってきているが、集金でないといけないところも残っているのが現実だ。

「銀振に変わるならある客先での取引が全部銀振になるはずです。銀振と集金併用のところなんて特殊ですよね？」

たしかに、銀振にしたのに一部は集金……そんな店は聞いたことがない。

「集金の店舗での売上が減ってるんですよね。その店舗がたまたま仕入れを減らしたのでしょうか？それとも、従来通り商品は納品した上で、お金だけがどこかに行ってるんでしょうか？　そんな店舗がいくつもあるんです」

営業の何人かの表情が固まった。思い当たる節があるのかもしれない。

「ロスになった商品の廃棄量も、産廃業者からの請求書で分かりますよ？　廃棄量は毎年そんなに変わってない……それなのに、毎年伝票上のロスは増えている。どなたか、腐ったキャベツを食べていますか？　それも段ボール何箱分も」

「「「……」」」

営業は一様に固まっている。どいつもこいつも何か後ろめたいことがあるらしい。

「この令和に手書きの伝票もどうかと思ったんですが、不正の手口は平成どころか、昭和じゃないですか。今後は通用しないことをご理解ください」

さやかさんはにっこりして言った。その笑顔が可愛ければ可愛いほど、怖いのは何故だろう。

そして、同時にいつの間にか、さやかさんがこの場を掌握していることに気がついた。誰も騒いだりしないし、文句も出てこない。

「さて、不思議なことにみなさん大小はあれど同じことをしているんですが、どなたか誘導していませんか？　悪いことを教えていく『インフルエンサー』がいますよね？」

室内はシーンとしている。たしかに、誰かに習わないとみんな同じことをしているというのは話がおかしい。

「仕入れ額と販売額の差が最も多い方……リーダーの長谷川さん、何かご存じありませんか？　社内に不正の方法をレクチャーして回って、ちゃんと仕事をしている狭間さんの悪評を広めた人について」

「しっ、知らない！　狭間くんは自分の口座まで作ってたんだろ⁉　俺たちよりも多く中抜きしてたんじゃないのか⁉」

長谷川さんが慌てて答えた。「俺たちよりも多く中抜き」って語るに落ちてるけど……

さやかさんは、待ってましたとばかりの表情をした。

彼女の少し意地悪そうな顔……あの顔は彼女にすごく似合うと思う……

「調査範囲には、当然 解雇になった狭間さんも入ってました」

さやかさんがそう言うと、視線で東ヶ崎さんに合図を送った。東ヶ崎さんは、「粗利率表」を全員に配った。資料が全体に行き渡ったところで、さやかさんが続けた。

「狭間さんは、逆の意味で異常でした。全体の粗利率を見ると15％程度でした。これは恐らく一般的な仲卸の粗利率より下回っています。一方、狭間さんの粗利率は30％近かったです。約2倍ですよ⁉ もし、この方法が他の人でも実現できるなら、現状の販売方法は適切ではないことになりますね。改善の余地があります」

要するに、営業が売上金を着服しているので、会社から見たら商品は納めているのに売上が上がらないから粗利率が下がる↓儲かっていない、ということになる。

たしかに、俺は一旦自分で買い上げた商品をバラして売っていただけ。売りやすい形にパッケージしなおし、売れやすくしただけだ。

この表は、「これだけ利益を出しているので着服などしているはずがない」ということを示していて、「箱売りは崩さない、ばら売りはしない」という会社の方針は間違っている、ということも同時に証明してしまった。

「今変な話になっていますが、1円だって会社のお金を自分の物にしたら横領ですからね？　さすがに正確な金額までは把握できませんが、おおよその横領額は分かります」

ここでさやかさんが、少し表情を緩めた。ゆっくりと室内を見渡してから言った。

「横領の時効は7年。7年分の横領額っていくらでしょうね？」

そんなことをしているヤツがいるのか……俺も他人の商品のロスまではチェックしてないから気づきもしなかった……

長谷川リーダーも黙ってしまった。完全敗北という事だろう。

それでもまだ、さやかさんのターンらしい。追撃は止まらない。

「ホテルエリア担当の中野さん」

「は、はいっっ！」

中野さんが飛び上がるように返事をした。もう、降参していると思うけど……これ以上はオーバーキルでは⁉

「大口受注ができると、商品をかき集めますよね？　それがない現在と去年で勤務時間にほぼ差がないんですけど、去年はどうやって商品を集めたんでしょうね？」

「商品集めは……その、みんなで……やってるから……」

「みなさんの勤怠もチェックしましたけど、減ってないんですよね……勤務時間」

「あう……それは……」

「私、高校生だからよく分からないので教えて欲しいんですけど、中野さんがよく利用していてちょくちょく領収書で上がってきている北天神パーキングですけど、近くに何がありましたっけ?」

「すっ、すいませんでしたっ!」

中野さんがすぐに謝った。ちなみに、「北天神」は近くに有名な競艇場がある。

「私が言いたいのは、商品を集めているのって結局狭間さんがメインだったんじゃないですかってことです。その狭間さんに電話でなんて言ったんですか?」

「あ……あ……狭間くん……ごめん……」

中野さんが俺の方を向き、謝罪の言葉を述べた。

どうも さやかさんは、以前の電話のときの中野さんの心無い言葉のことを覚えてくれていたらしい。あの電話の意趣返しを俺に代わってしてくれたということか。後で彼女にお礼を言わないと……10歳も俺より年下なのに、しっかりしすぎている。

以前、高校生だからという事だけで社長としての能力があるか疑った自分が恥ずかしい。彼女の実力は間違いないと確信した。

完全に営業たちは沈黙している。それどころか、動けないでいる程だ。

ここまでで、俺の悪行とされていた事は疑いが晴れた。盲目的に俺のせいだと思わされていた節はあるけれど、少なくともそれは違うと証拠を叩きつけ、ここにいる全員がたしかにおかしいと思っている。

「さて、みなさんが落ち着かれたところでもう一度申し上げますが、株式会社神羅万象青果の代表は私、高鳥さやかが務めますが、専務にこの狭間新太をつけます」

そこで、さやかさんはあえて話を止めて室内を見渡したけれど、不満を言ったり騒いだりする人間はもう一人もいなかった。

そこからは、全員が新しい株式会社神羅万象青果の制度について さやかさんの話を大人しく聞いていた。その内容はこうだった。

有給は100%取得を目標にする。販売に関してインセンティブ（成果報酬）を設定し、頑張れば頑張るほど手取りが多くなるようにする。逆に、不正は見つけ次第、懲戒処分。これは解雇も含まれる。

つまり、横領するのは犯罪なので、それだったら正規に稼いで堂々とお金をもらおうという考え。額は変わるのだろうが、数万円程度を横領することで職を追われて、刑事・民事で告訴されるリスクを考えたら、誰もやらないですよね、という「脅し」でもあった。

今後 売り方は柔軟に対応することとし、アイデアを出し採用されれば社長賞を出すというものもあった。

その他、大口案件の情報は、それだけで評価、実績になれば報酬対象となる。他社との情報交換が重要であることから、共同勉強会や交流会（飲み会）も開催されることとなった。

頑張る人には より手厚い手当があり、会社に背を向けるものには厳しい鉄槌があるという、分かりやすい飴と鞭の内容。

ここにいる営業たちの多くは既に横領に手を染めているのでそっとしておくという選択肢はないのだ。デッド・オア・アライブ（生か死か）。既に、会社の意向に逆らうことなどできない状態だった。


こうして、さやかさんの完全勝利で社内の発表は終った。


従来は、有給休暇もあってなきがごとしだったし、会社カレンダーもなかったし、年間休日も法定最低限の105日も割っていたし、休日出勤の手当てもなかった。分かりやすいくらいのブラック企業。それがこれまでの株式会社森羅万象青果だった。それから考えたら段違いの改善だった。本当に彼女は高校生なのだろうか。特に、他社との飲み会のアイデアなどは、誰か裏にブレーンがいそうだ。

最後に、現専務の裕子さん、現リーダーの長谷川さんを呼んで、新社長さやかさん、新専務俺での4人での会議が始まった。

なお、前社長は今後出社せず、そのまま引退の方向に進むという事で会議の前に帰ってしまったのだった。

＊

株式会社神羅万象青果の会議室に新社長のさやかさん、新専務の俺、現専務の山本裕子さん、現リーダーの長谷川さんが集まっている。

「さて、長谷川リーダー」

口火を切ったのはさやかさんだった。

名前を呼ばれてビクッとする長谷川さん。もはや、叩かなくても埃が出ている状態だ。

「長谷川さんに関する会社が負った被害額はかなりなものになると思います。徹底的な調査を行い、全て弁償していただいた上で処分は検討したいと思います。何か言いたいことはありますか？」

「……ありません」

下を向きうなだれて消え入るような声で答えた。

「では、退室して結構です」

「……はい、失礼します」

彼は完全に終わっていた。ほとんどの悪事がバラされて、証拠まで突きつけられて、もはや言い訳も無意味となっていた。

もっと大騒ぎするかと思ったけれど、裏で暗躍するような人は、真正面から悪事を指摘されたらこんな反応なのかもしれない。それこそ、借りてきた猫のように大人しかった。

恐らく、後日リーダーも解任になるだろう。自殺するようなタマではないことは、これまでの付き合いで知っているので、全然心配はしていない。

＊

長谷川さんが退室した後、三人になった会議室は一段と空気が重たかった。

「……」

これまでずっと何も言葉を発しなかった山本専務が何か言いたそうだった。

「色々疑問もあるでしょうから、ここはざっくばらんに質問タイムにしましょう。私が新社長として実際に入るのは来月からの予定です。それまで私はアルバイト事務員なので敬語も必要ありません。どうぞ」

さやかさんは、山本専務の方を見ていった。

「あなた……何者なの？　ただのアルバイト事務員じゃないわよね⁉」

山本専務がさやかさんに噛みついた。これから自分の上司になる者に対してこの態度は普通の社会人としてはあり得ない。ただ、それだけ納得いかない点があるし、怒りが抑えられないのだろう。

「私は、ただのＪＫ社長ですよ？　青果仲卸に関しては先にお話ししたようにズブの素人です」

「なんでっ⁉　父は……社長は、あなたなんかに会社をっ‼」

「山本社長は、会社を後進に譲ろうとしてましたよ？　条件が良かったので、ある人に仲介してもらってうちが買っただけですけど？」

さやかさんは事も無げに答えた。普段の彼女ならばこんな好戦的な言い方はしない。もしかしたら、彼女が俺にクビ通告をしたことに対して怒ってくれているのかもしれない。

「さやかさん、それじゃあ話が円滑に進まない。ここは社長として感情を抑えてください」

「ん、んん。失礼しました」

さやかさんは、咳払いと共に佇まいを直した。

「山本裕子さん、高鳥修二郎はご存知ですね？」

「え⁉　高鳥……あなたは誰⁉」

高鳥修二郎さんとは誰なのか。俺も知らないんだけど。

「私は、高鳥修二郎の娘、高鳥さやかです。お忘れですか？　山本裕子さん？」

さやかパパは、修二郎さんという名前だったのか……俺はテンパっていたので、名前を聞いてないわぁ……

「私は……あなたを知っているの⁉」

「昔は何度も会っているはずですよ？　おじいちゃんの家で」

「ごめん、さやかさん、俺　話が見えないんだけど……」

「あ、ごめんなさい。株式会社神羅万象青果の前社長と私の父は兄弟なんです。そして、それぞれの娘が山本専務であり、私です」

「つまり……二人は……従妹同士⁉」

「そうなりますね」

「そ、そんな……」

　山本専務の顔が蒼白だった。

　落ち着かせる目的だったのかは分からないけれど、ここで東ヶ崎さんが静かに入室して、全員にコーヒーを配って行った。

「あれは、10年くらい前の単なる親戚の集まりでした。普通にご飯を食べて、普通に解散したら何もなかったんです。でも、あなたは親戚一同の中で父を軽視していました。……分かりやすく言うと婿養子になって家を出た父をバカにしていました」

「そんなこと……」

「言った方は覚えていないんですか？　みんなでご飯を食べているときだけじゃなく、子供たちだけで集まったときも自分の父親が正しい選択をしていて、婿養子に出た修二郎、つまり私のパパはバカだって言ってました。私がパパの娘だと知っていたかは分かりませんが」

　さやかさんは、実に淡々としていた。

　一方で、山本専務は汗が止まらない。

「あの頃、おじいちゃんの家にはたくさんの人が集まっていて、子供もたくさんいた。私のことは認識した上で無視していたのではなく、認識すらしていなかったみたいでした。まあ、20歳も年下の私なんて見えていなかったのかもしれませんが」

「……」

「裕子さんが何を見て、何を目指していたかは、私には分かりません。でも、父をバカにされて、私を無視してたあなたのことは子供心に憎かった」

「っ……」

「一社のみ経営していて内部は腐敗に満ちているおじさまの会社と、複数の会社を経営していて、コンサルで他の会社も安定経営に持って行っているパパと、どちらが優秀か、改めて今ジャッジしていただけますか？　山本裕子さん？」

「そ、そんな……」

「私と裕子さんのどちらが株式会社森羅万象青果を より発展させるでしょうね？」

山本専務からは、何も言葉がなかった。

下を向いてひたすら涙を流し続けていた。

裕子さんは、真っすぐな人で、自分こそが正しいと思う傾向はあった。また、社長のお父さんを尊敬しているところもあった。それが行きすぎて、知らぬ間に人を傷つけていたようだ。

そして、不幸なのはそれに気付かずに10年以上過ごしてしまったことだろう。10年前としても、さやかさんはまだ8歳。心に傷を負ったことだろう。いつか見返してやりたいと思ったかもしれない。

俺を振った上に解雇通告した事も彼女の怒りと復讐心に薪どころかガソリンとしてくべてしまっていた。

俺はこの事を全く知らなかった。「ざまぁ」をやり遂げて清々した顔をしているはずの さやかさんの顔は、唇を噛みしめて苦しそうだった。

「最後に、この場では不適切かもしれないんですが、聞いておきたいことがあります」

この上更に追い打ちをかけるのかと思ったが、彼女が口にした質問について俺は止めることができない内容だった。

「約5年前、どうして、狭間さんを振ったんですか？　その後、売上ナンバー1の長谷川さんと付き合って、婚約して、当てつけだったんですか？」

「ちがっ、それは違うわ！　あのとき、別れの言葉を言ったのは彼の方……新太くん……狭間くんの方だったわ」

「え⁉　いや、俺は裕子さんに別れの言葉を言われて……」

「そんなはずないわ！」

「「……」」

なにか話が合わない。

「狭間さん、そのときのことを話してみてください」

「あの……」

さやかさんに促されて、今カノの前で、元カノとのキスの話をするとか……俺はどんな罪を犯したからこの拷問を受けているのだろうか。

「公園で、キスした後、俺たちは平社員と部長になって立場が離れるけど、仲良くやって行こうってことを言ったんだけど……」

「ちょっと待って。そのキスの後、あなたが『俺と裕子さんは別々の道を進むことになったね』って急に別れの言葉を言ったんだわ！　その後、デートも誘ってくれなくて……私は若い子に振られて、年上の私が縋るのも恥ずかしくて、次第に顔も見れなくなって……」

「やっぱり……どうやら誤解があったみたいですね」

さやかさんが言った。

「俺は、当時 平社員のままで、裕子さんだけが主任、課長、部長って出世していくことに焦りと嫉妬となんかそういう感情を持っていた……」

「それなら、私は彼氏が10歳も年下で、いつも心変わりしてしまうんじゃないかって、何かちょっとしたことで失望してしまうんじゃないかって……不安に思ってた。当時 私も部長になるにあたって忙しい時期だったし、あまり会えなくてすれ違いを感じていたし……」

「でも、それなら……行き違いなら、長谷川さんと付き合わなくてもよかったんじゃ……」

「彼からは、入社してすぐに声をかけられていたけど、私には狭間くんがいたし、断ってた……でも、突然振られて……振られたと思ったから……悔しくて、悲しくて、寂しくて。つい……売上げトップの長谷川くんと付き合うのもアリかと思って……」

「ちょっと、よろしいですか？」

ここで　さやかさんが立ち上がってあごを触るような仕草で話し始めた。それは、まるで物語の探偵が謎解きのために関係者を食堂に集めたときのような仕草だった。

「私の見立てでは、彼は売上げトップではあるんですがクレームも多いです。リーダーという立場を利用して色々なエリアを動いてます。そうですね……そのやり方は焼畑農業です。一瞬売上げは上がるんですが、その後は何もない。取引が終わった会社やお店も少なくありません。そこから何も生まれないんです」

さやかさんは、会議室のホワイトボードに「焼畑農業」と書き、左右に矢が向いた矢印「⇔」も書いた。そして、その横に「稲作農業」と書きながら言葉を続けた。

「彼は彼自身だけではなく周囲も負の方向に持って行き、裕子さんにもあることないこと言って取り入っている可能性もあります。狭間さんを陥れた可能性が非常に高いです。今後、新生『森羅』はクリーンに行きます。彼が生きていけるかは彼次第です」

さやかさんは、ホワイトボード用のペンを戻すとクルリとこちらを向いて言った。

「狭間さんとの間に誤解があったのは分かったと思います。でも、狭間さんはもう、私のものです。長谷川さんについては、横領の過去7年分を遡ると恐らく2000万円くらいの横領があります。切り捨てるのか、支えるのか、裕子さんはご自身の未来を考えて決めてください」

「……」

裕子さんとの話も終わった。

彼女が無言のまま暗い顔で退室しようとしたとき、出口で一旦立ち止まって質問した。

「……私は今後、社内でどうなるのかしら？」

「裕子さんは優秀な方だと認識しています。役職は『部長』としてその実力を私に見せつけてください。期待していますよ♪」

「……今度は私が無視されない様に……ってね」

自嘲気味に暗い笑みを浮かべて裕子さんは退室した。

「部長」といえば森羅では「専務」より一つ降格だ。これでよかったのだろうか。ただ、二人の関係は本当の意味では二人にしか分からない。俺は、願わくば裕子さんも幸せになって欲しいと思った。

物語だったら「ざまぁ大成功！」と大騒ぎするところだろう。大仕事を終えて車に戻ってもさやかさんは窓の外のどこか遠くを見て表情は晴れるものがなかった。

「お疲れさま。大仕事だったね」

そう言って俺は彼女の手をそっと握った。

次の瞬間、横に座っていたさやかさんは俺に抱き着き、思いっきり泣き始めた。俺はどうすることもできず、ただ頭を撫でながら彼女が泣き止むのを待つのだった。

運転席の東ヶ崎さんとはルームミラーで一瞬目が合ったけど、めちゃくちゃ温かい目で見守ってくれていた。この若き18歳の経営者はどんな気持ちで今日を過ごしたのか……

＊

「……で、今日のことはいつから計画していたんですか？」

「さあ、いつからでしょう？」

さやかさんは、ニッコリした表情で答えた。

株式会社森羅万象青果の会議室でのやり取りの後、俺たちは自宅に帰ってきていた。いつもの2

階のリビングの椅子のあるテーブル。

　俺とさやかさんだけ座っている。ちなみに、東ヶ崎さんは、俺たちにコーヒーを出してくれた後、キッチンで夕飯を作ってくれているようだ。

「結局、俺 立ってただけだし、カッコ悪くなかったですか？」

「私は『トリガー』だったかもしれませんが、『弾』は狭間さんの日ごろの仕事ぶりでしたから、あの場では いてくださるだけでよかったと思ってます」

　そう言ってもらえると、俺も少しは救われた。

「目的は？　裕子さんに対する『ざまぁ』？　それとも現状から救ってあげたの？」

「さあ、どうでしょう？」

　目線だけ横に逸らして目を合わせてくれないさやかさん。ちょっと気まずそうな表情が見て取れる。

「俺のことは？　『ざまぁ』のための駒だったのかな？」

「それは違います！」

　彼女が急にこっちを向いてむきになって答えた。

「その…たしかに 最初は、私の会社に誘おうと思って目を付けたんですけど……」

　両手の指をクネクネさせながら気まずそうに話し始めた。

「そのうち……もうっ！　これ以上言わせないでください！」

　あ、挫折した。それでも、ちらっとこっちを見て、俺の表情を確認している。

ああ、そうか。

俺が彼女を信じられずに、疑うようだったらそこで終わり。その場合、昨日のデートが「最後のデート」ということになるのだろう。

彼女の本心は……そうか、それが屋上でのキスか。少しでも俺の気を引いておきたかったというところだろうか。まんまと気にかかっているけどな！

極めつけは、デートだろうか。あんなに可愛い格好で10歳も年下の女の子がデートしてくれたんだ。とても印象的で、手放したくなくなってしまうだろう。実際、手放したくなくなってるけどな！

「あのぉ……、私としては、付き合う気満々だったので、もう友達にも狭間さんを彼氏だと紹介してしまった訳ですが……どんな感じでしょうか？」

「ふふふふふ」

どんな感じもこんな感じもない。不安そうな表情はしているけれど、彼女の思惑通り、もう俺は完全に攻略されてしまっているらしい。これまでの行動は全てここにつながっていた。既に外堀は埋まっていたんだ。

俺の汚名を挽回してくれたし、自分の会社にも入れてくれた。好きだった仕事にも胸を張って戻れるようにしてくれた。

その上、可愛くて、意地悪で、笑顔が可愛い。ファッションセンスもよくて可愛い。仕草も声も可愛いときた。今何回「可愛い」って言った⁉

断る男いるの？　これ。

「降参です。こういうのは惚れた方が負けなんでしょうね」

少し冗談みたいに肩くらいの高さまで軽く万歳をして「負けました」のジェスチャーをした。

「違いますからね！　ホントに違いますからね⁉」

俺の服の裾を掴んで慌てた様子。昼間あんなに堂々と大人10人以上の前でプレゼンした彼女とは同一人物とは思えなかった。

「疑ってないですよ」

彼女の慌てる様子が微笑ましくて頬が緩んだ。するりと彼女の背中に両手を回して、横の椅子に座っている彼女を抱きしめる。

タイミング二つ、三つ遅れて、俺の背中にも彼女の手が回ってきた。密着しているから顔は見えないけど、耳まで真っ赤だ。きっとすごく蕩けた顔をしているんだろうと想像すると愛しさが腹の底から込み上げてきた。

「高校卒業したら、いきなり2つの会社の社長ですね」

「あれ？　既に、2つの会社の社長ですよ」

肩書上はそうかもしれないけれど、彼女はまだ高校生。学校があるから、仕事には本格的に乗り出せない。高校卒業してから本格的に仕事を始めると思っていたのだけど……

彼女が俺の腕をするりと抜けて自分の椅子に座りなおして言った。

「高校卒業したら……大学に進みます」

「はぁ⁉　会社は⁈　今日あれだけ大見栄切って来たのに！」

「まあ、高校のときよりは時間に余裕があるから、会社も行きますよ？　多分、週2か週3くらいで行きますから。狭間さんが裕子さんと浮気しない様に監視もしないといけないし」

「……しないですよ」

「今の間が気になります！　やっぱり毎日行きます！」

「いや、いいですよ。大学行ってください！」

「うーーーーー」

さやかさんが頭を抱えて唸りだした。

「どうしたんですか？」

「私、きっと独占欲が強いんです。ずっと一緒にいたら狭間さんに嫌われる……」

「そんなこと気にしてたの？　可愛い彼女はわがままを言ってもいいように世の中はできてるんですよ？」

「じゃ、じゃあ、明日平日だけど、放課後デートしたいです！」

「はいはい。じゃあ、放課後お迎えにあがります」

結局、彼女の思惑通りなのかもしれない。それも悪くないと思う自分がいた。気がつけば、俺の表情には笑顔が浮かんでいた。

＊＊＊

今日は休日で、さやかさんとデートの日だ。海沿いを車でドライブすることにした。もちろん、途中で道の駅や野菜直売所を見つけたらリサーチするのも忘れない。

昼食は、いつか一緒に行ったイタリアンレストラン「シーガル」でとることにした。

結局、空心菜のピザは季節限定メニューとしてラインナップされた。俺が趣味でやってるブログで紹介したのがテレビ局の目に止まったらしく、取材が来て連日大忙しらしい。

実際今日も満席で、入店だけで30分も待ったほどだ。

「いらっしゃいませー、あ、狭間くん！」

「どもー、人気ですね～」

レストランシーガルの看板娘つばめさんが挨拶してくれた。

「もー、連日忙しくなっちゃってー、恨むわよ⁉　狭間さん！」

「ははは……」

あのジト目は、半分本気だった。それほど忙しいんだろうなぁ。ブログで紹介して人気の火付け役となった俺が恨まれてる。元々、立地が良くて、海が見える上に夕方には島と水平線が見える海に太陽が沈む場面が見れる。

インスタ映え狙いの客も相まって、ちょっとしたブームになっているみたいだった。敷地内に設置されたモニュメントがまた「映える」らしく、週末は写真待ちの列ができることもあるらしい。

「いらっしゃいー、狭間くん！　空心菜大人気だよ！」

マスターは上機嫌だった。

「いやー、よかったです。空心菜は９月くらいまでだから、その後はまた別のを考えないといけませんねぇ」

「期待してるよ～、狭間くん。いや、狭間専務！」

「……丸投げですか。また農家さん回っていいもの探してきます」

あの話好きのマスターがテーブルで10秒、20秒話したら厨房に戻っていった。それくらい忙しいらしい。テレビで取材を受けるとその後が大変だ。

でも、稼げるときに稼いでおこうというマスターの商魂の逞しさは商売人として見習うべきものがある。

「よかったですね。喜んでもらえて」

「うん、成功例として嬉しいよね」

「狭間さんのあのブログ、情報量も多いし、写真もあるし、説明も分かりやすいですから、会社の公式にしたらどうですか？　それを見てお店に行くお客さんも出てくるでしょうし、うちのお客さんも喜びますよ？」

「たしかに、取材依頼するとしたら、ある程度のお店との信頼関係が必要だし、お客さんとの会話のネタにもなるし、社員のうち有志でやってみようかなぁ」

「そういうワクワクすることを次々打ち出していくと会社が盛り上がっていきますよね。義務じゃなくて、好きな人がやる感じで……学園祭のノリっていうか……」

ここで「学園祭」が出てくるあたり、現役の高校生の彼女らしい。

なんかあるよなぁ「奉仕はいいけど、義務は嫌」ってこと。

仕事はちゃんとしないとだけど、どこか遊び心は持っていて欲しいなぁ。

＊

程なくして出てきたピザは半分は空心菜のピザで、もう半分は空心菜とチーズが載っていた。

「なんか、お野菜がドーンって載ってるピザって珍しいですね。罪悪感がなくなります」

「ははは」

空心菜のピザは、先日さやかパパと来たときよりももう一段階おいしく進化していた。

もう半分のチーズが載っている方は、イメージ的には韓国料理のチジミに近い感じだろうか。一見、チーズが載っただけに見えたけれど味が違う。半分食べても、もう半分を飽きずに食べることができるという優れたメニューに仕上がっていた。

「これ、おいしいなぁ。写真撮っとけばよかった」

「狭間さん、もうすっかりブロガーですね」

「ブログの方が人気になったら、農家さんも取材に行きたいな」

「お野菜ですか？」

「うん、野菜もだけど、農家さんのキャラクターというか、どんなところに力を入れているか、みたいな」

「うーんと、例えばどんな感じですか？」

「例えば、この空心菜の佐々木さんとかは、土から作ってるんだ。どんなこだわりで、どんな取り組みをしているとか、どれくらい時間かかってるかとか……」

「あ、なるほど。そうやってできたお野菜がどんな感じか食べてみたくなります」

「でしょ？　そして、サイトからその野菜が買えたらいいと思わない？」

「あ、それいいですね。企画書にまとめられます？　各所から専門家を集めて事業化しましょう！」

「あ、デートのはずが企画会議になってる……」

「ほんとだ。狭間さんの仕事しすぎが伝染《うつ》りました」

若干不満気味なさやかさんには納得がいかないけれど、仕事もプライベートも順調だ。

……心持ち仕事に浸食され気味なのは認めるけど。

＊＊＊

俺も全てのお客さんと１００％仲がいい訳ではない。そう言った意味では、若い頃にしこたま怒られたお店もある。割とたくさんの商品だったけど、事前連絡なしに納品に行ったら、冷蔵庫がいっぱいだったことがある。ホテルなんかで使っている業務用冷蔵庫は「プレハブ」と呼ばれているけど、部屋全体が冷蔵庫みたいな大きなものがある。

ドアを開けて、中に入って行くような大きなもので、そのホテルには3畳ほどの広さの業務用冷蔵庫「プレハブ」が3つもあった。

それでも、中がいっぱいになってしまうらしい。

俺が納品に行ったホテルでは、めちゃくちゃ怖い料理長がいて、「この量を事前連絡なしで納品に来るなんて非常識だ」と怒られた。凹んだけどお客さんの立場で考えたら、もっともだと思ったので、次回以降は事前連絡していくことにした。

片付いてないから商品が入らないんだし、料理人の人たちは忙しくて冷蔵庫の片付けは片手間でしかできないようだったから、納品時に少し時間を多めに取っておいて、俺が片付けつつ、商品を納品するようにしたことがあった。

それ以来、会うと色々怒られるんだけど、メチャクチャいっぱい買ってくれるお客さんとなった。この怒られるのもコミュニケーションの一つだと捉えるようにしたら、急に気が楽になったのを覚えている。

そう言った意味でこのホテルは、思い出深いお客さんといえる。もちろん、今でも取引がある。

「こんにちは！　鏑木総料理長！　今このホテルでやってるカレーフェアなんですけど、ズッキーニ入れてみるのはどうですか？　いいズッキーニが手に入りそうなんです」

厨房横の休憩室に顔を出して、料理長に挨拶した。

「お前、そういうのは現物持って来ないとだろ！」

「ですよね～！　明後日には持ってきますから、ちょっと使ってみてください。あと、秋とか冬に向けてビーツが手に入りそうなんです。ボルシチとかに使えないですか？」

「ビーツか……甘いヤツな。よし、持ってきてみろ」

「ありがとうございます！」

「ところで、お前横のは誰だ？　彼女か？」

今日は、さやかさんに営業同行してもらって、一緒に回っている。現場を知らないと変な指示を出してしまうかも、と彼女の希望で実現した。

「あ、うちの新しい社長です。さやかさん、鏑木総料理長に名刺を！」

「株式会社森羅万象青果の代表、高鳥さやかです。いつもうちの狭間がお世話になってます」

「こいつがいなくなって、文句いうヤツがいなくなって困ってたんだよ。社長さんはうちの支配人にも会って行ってくれよ。あいつらは現場を知らないから碌なこと言わないいんだ」

「はい、ご挨拶申し上げておきますね♪」

「なんだ、お前さん、狭間のこれか？」

総料理長は小指を立てる。ジェスチャーが昭和！　しかも、令和の世の中ではセクハラともとられるくらいの微妙なライン。

「分かりました？　狭間ともどもよろしくお願いします♪」

「社長さんの彼氏なら、こいつはもうクビにならんな。ちょっとくらい無理言っても大丈夫だな！」

「勘弁してください！　総料理長！」

「ははははは」

　さやかさんと料理長がもう仲良くなってる。なんか、俺の方がアウェーなんだけど……

「なあ、社長さん、あんたいくつだ？」

「ピチピチの18歳です。ＪＫ社長です♪」

「マジか⁉　じゃあ、ちょうどいいか。うちのパティシエが今度のフェア用に若者向けのスイーツを開発してる。厨房に入って行って試食して感想を言ってやってくれ」

「自慢じゃないですけど、私、食に関しては素人ですよ？　いいんですか？」

「うちに来る客は、みんな素人だよ。うまいか不味いかだけでもいいよ。あ、お前も狭い休憩室にいたら暑苦しいから、彼女と厨房に一緒に行ってこい！」

　多分、翻訳すると「試食がてら、彼女と甘いものでも食べて行け」ってことかな。口はあんまりよくないけど、本質で優しくて、良い人だから、憎めないんだよなぁ、鏑木総料理長。

　休憩室の奥では若い料理人達がスマホの画面を見たままだけど、ニヨニヨしてる。次会ったら絶対揶揄われるやつだ……

「いただきまーす」

料理長にお礼を言って休憩室を出た。出がけには、「代金はお前に付けとくからな！」とか言われたけど、単なる軽口。代金なんか発生しないし、請求されたことなどない。

俺はやっぱりこの仕事が好きだな。色んな人と会えるし、仲良くなれる。

「狭間さん、スイーツ儲けましたね。私、このホテルの納品のときは毎回同行しますから！」

「念のために言っておきますけど、毎回こんなの無いですからね！　スイーツとか俺も初めてだし！」

多分、さやかさんを見て、彼女ができた事へのお祝いか、俺を会社に戻してくれたさやかさんへの御礼……って、それは考えすぎだよなぁ。

厨房の隅で食べさせてもらったスイーツはメチャクチャおいしかった。

さやかさんが、デートでまた来るとパティシエの人に約束してしまったので、近々連れてこないといけなくなってしまったのだった。

これ1皿1800円って言ってたけど、俺の財布大丈夫かな……

エピローグ　その後の会社とは

俺は会社、株式会社森羅万象青果に復帰した。復帰したというか、専務として再入社したと言った方がいいのか。これまでは営業のことだけ見ていたらよかったけど、これからは専務として会社全体のことも見ないといけない。

仲卸として、今までは競りに出るメンバーは専門がいて、俺は営業しかしていなかった。知らないと分からないことも出てくるので、今日は競りにも参加しているのだ。

そう言えば、いつかさやかさんが「競りの参加権にも目処がついた」と言っていたのを思い出した。そのときは「参加権を手に入れる目処」だと思っていた。

現在、この市場では新規の権利を発行する予定がないので、要するに、「株式会社森羅万象青果を買い取る目処がついた」ということだったのだろう。

今思えば、さやかパパが家に来て、さやかさんに「買ってあげる」と言っていたのは、株式会社森羅万象青果のことだったのではないだろうか。

さやかパパがお金を出した上に兄である前社長と交渉していたとか。「立っている者は親でも使え」とか言うけど、本当に使うのはすごい。

＊

競りのメンバーは今まであまり話すチャンスがなかったので、俺の悪い噂もあまり聞いたことがなかったらしく、すんなり仲良くなれた。

とりあえず、今日は市場に早めに着いたので、ちょっと車の中で世間話をすることにした。競りのメンバーは、競りが終わったらすぐ商品を出荷するので、色々忙しい。

ゆっくり話す暇がないので忙しいけれど時間を作ってくれた感じだろう。

「野村さん、競りはどれくらいになるんですか？」

野村さんは、入社15年以上のベテラン。50歳手前のおじさん社員だ。子供さんが高校生と大学生とか言っていた。

「俺はもう10年以上になるかなぁ。俺よりも、狭間くんだよ、あ、もう専務か。狭間専務」

「野村さんにそんな風に呼ばれると、すげえ変な感じです」

「でも、専務になったんだから、慣れないとな。組織ってもんにはケジメがあるからな」

「そうですね。頑張ります」

野村さんが車の窓を開けて、タバコに火をつけた。

大きく肺まで吸い込んでから窓の外にゆっくり煙を吐き出した。

「で？　営業のヤツらとはどうよ？　ぶっちゃけ、やりにくいんじゃないの？」

「まあ……まだ、円滑にって訳にはいかないですけど、誤解も解けたみたいだし、むこうの方がばつが悪そうにしていますね」

「そうだろうなぁ。しかも、お前、今じゃ専務だしな」

イヒヒと意地悪な笑いをする野村さん。

「まあ、根は良い人ばっかなんで、時間かけてうまくやっていきますよ」

「お前はその辺りうまそうだから、心配はしないけどな？　あと、あれは良いな」

「あれって何ですか？」

「お前、今　高級車乗り回してるだろ！」

たしかに借りものの高級車に乗っている。自分のではないから全然自慢できないけど。

「若手は、会社で頑張れば自分も高級車に乗れるって夢持ってるぞ」

それは良い傾向だけど、若干騙している感じがして心苦しい。上司は適度に羽振りが良い方が、若手はやる気になる傾向にあるらしい。俺も何かいい車を買うようにしなければ……

「ところで、リーダー…元リーダーはどうするよ？」

元リーダーこと長谷川さんは、案の定、夜逃げ同然で現在行方が分からない。家の中は金目の物だけがなくなっていて、電話は解約されているみたいでつながらなかった。

こうなると追いかける術がない。現代社会の闇ではないだろうか。

「とりあえず、『待ち』ですかねぇ。それよりも裕子さん、部長が気になってます」

「ああ、婚約までしたらしいからなぁ」

「俺じゃ　できることが何もなくて……」

「そりゃ、そうだろ。別れた年下の男が更に年下の彼女つくってきたんだ。しかも、その彼女は新社長ときたもんだ」

野村さんが膝をペシリと叩いた。気のいいおじさんって感じかな。

「まあ、歳取ってくると分かると思うけど、あのくらいの年齢の女性は特別な思いがあるだろうからな。そっとしておいてやれ。ただ、ほったらかすなよ？」

「めちゃくちゃ難しいじゃないですか！　具体的にどうしたらいいですか⁉」

「ばか、それを考えるのがお前の仕事だろ！」

「丸なげ！」

「俺はお前じゃない。お前にできることをしてやれ」

「そうっすね……」

とりあえずそう答えた。ちなみに、考え無しだ。全くのノーアイデア。

ただ、深刻には心配していない。俺は、彼女が強いのを知っているから。

「さあ、じゃあ、そろそろお仕事しようかね！」

野村さんがタバコを灰皿にギュウギュウ押し込み、トラックから降り始める。

「勉強させてもらいますよ！」

「こら 専務、もう少し偉そうにしとけ」

「ふふっ、そうっスね」

この日、俺は初めて競りに参加した。会社のことをもっと学ぶために。

＊

家の2階のリビングで珍しくソファに座って、ある疑問をさやかさんにぶつけるべきか考えていた。

「珍しいですね、狭間さん。ソファに座るなんて。テレビでも観るんですか？」

さやかさんがすぐ近くに座った。

「実は、ずっと聞くかどうか、悩んでいたことがあって……」

「私に？　なんですか？　なんか怖いですね。私に分かることなら答えますけど……」

さやかさんがちょっと身構えた。

「よく考えたら、やっぱりできすぎだったと思うんだ。たまたまバイトした先に、従姉がいる確率ってどれくらいあるの？　狙って裕子さんの職場に行ったんじゃない？『ざまぁ』のために」

「まぁ、ある意味必然なのかもですよ？　パパに言ってバイト先は紹介してもらったので、それがおじさまの会社だっただけ。裕子さんが働いているとか知らなかったし」

「あぁ、そうか。そういう流れなら偶然の再会もあるのか」

「そう、そして今回も私は眼中になかったみたいでした」

少し寂しそうな顔をしたので、話題を変えることにした。

「ところで、ホントに大学行くんですか？　俺に会社を任せて」

「私の将来の夢は会社を何社も経営することです。自分がつきっきりにならないといけない体制にはしませんよ？」

そう言えば、そんなことを言っていた。なるほど、そういう意味では、信頼がおけるトップを作っておいて、その人に会社を切り盛りしてもらうのがいいのだろう。

「じゃあ、俺は将来 森羅万象青果の社長になりますか？」

「うーん、狭間さんは社長になりませんね」

「え？　そうなんですか？」

一度は「社長」になってみたかった。なんとなくだけど。

「私の夢は、会社を何社も経営することって言ったじゃないですか。現在は森羅と兼任ですけど、ゆくゆくは裕子さんを社長にして独自にやって行けるようにするつもりです」

「あの……そのとき俺は……？」

「狭間さんは、あくまで私のパートナーで、株式会社さやかの専務です。その頃には、新しい会社を立ち上げているか、私と一緒に別の会社を買って経営の立て直しをしているか、どちらかでしょうね」

「そういうこと⁉」

「あの会社は裕子さんの夢というか、目標みたいなところがあります。それを彼女から取り上げてしまう程私は鬼ではありません。ただ、なんか変なことになっていましたから、気付いて立ち直ってもらわないといけませんでした」

たしかに、詰んでたな。あのまま放っておいて明るい未来があったなんて、想像できる人はいないだろう。

「その……」

はぁ、この子はどこまで……

なんか言いにくそうなことがあるみたいだ。

「どうしたんですか？」

「外堀を埋めていくような感じだったので、狭間さん的に私でよかったのかなぁって……」

来るときはドンと攻めてくるのに、時々弱気で面白い。ときに大人で、ときに子供。強気だったり、弱気だったり……本当に色々アンバランスで目が離せない。

「それは、大変嬉しい限りなんですが、そもそもなんで俺だったんですか？」

「え？」

「ほら、会社でも営業と事務でほとんど接点ないし……」

「そっ、それは、もう、いいじゃないですか」

「いや、そこはすごく気になりますよ？」

「……だったんです」

「え？」

消え入るような小さい声。難聴系主人公でなくても聞き取れないほどに小さな声だった。

「一目惚れだったんですっ!!」

「……」

「それで、狭間さんのことを知るうちに、前付き合っていた彼女がいたって聞いて、調べたらそれが現在の上司で……裕子さんだったんです」

「それで、小さい時のことまで色々思い出して……？」

「そうですよ……」

ちょっとすね気味な表情の彼女様。

ちょっと悪い事してしまったかな。

「ここまでのことをしてしまったので、もう後戻りできません。やるからには狭間さんには最後まで付き合ってもらいますからね！」

なんか、巻き込んだのか、巻き込まれたのか。とにかく楽しい子だ。俺自身、これからやりたいことがいっぱいでワクワクしている。仕事も、プライベートも。

「ちょっと！　狭間さん！　そこで、ニマニマしないでください！」

怒られてしまった。
（ピコン）そこでLINEが鳴った。

「誰ですか？　女の子じゃないですよね⁉　『シーガル』のつばめさんじゃないですよね⁉」

「やたら つばめさん気に入ったね⁉」

「つばめさん、可愛いし、きれいだし、憧れますよねぇ」

「本人に言ってあげたら絶対喜ぶと思いますよ？」

「じゃあ、また連れて行ってください」

「了解しました」

自然な感じでデートの約束ができてしまった。平日はかなり忙しいので、週末に行くことになるのだけど、週末に楽しみができると仕事に張り合いがある。

彼女がいる生活っていいな♪

俺は元カノと別れてから、若干トラウマ気味になっていたから、5年くらい誰とも付き合ってない。普通の人と時間帯が合わないから、飲み会も行ってないし、デートもしていなかった。

「で、LINEのメッセ誰なんですか⁉」

さやかさんは、ここら辺 有耶無耶にしなかった。浮気はできないな。まぁ、しないけど。

「同業他社の担当者さんですよ。最近どう？　みたいな」

「へー、今度 呼んでくださいよ。交流会しましょう」

「あ、はい……」

「あれ？　返事がはっきりしませんね。同業他社の営業さんって言うのは嘘で、やっぱり女の子

⁉」

「あ、そうじゃなくて！　その営業が若いんですよ。まだ22歳の男。割とイケメンなのに彼女がいなくて……」

「あれ～？　そのイケメン営業と私を会わせたくない的な～？」

さやかさんが俺の顔をどや顔で覗き込んでくる。

俺は、別の方向を向くけど、彼女は顔を動かして、再び覗き込んでくる。

「可愛い彼女を取られたくない的な～？　嫉妬的な～？」

「……ああ！　そうだよ！　年齢も近いし、取られない様に会わせたくなかっただけだよ！」

「ふふふ、狭間さん可愛いですね」

座っている横から抱き着いてきた。俺もやきもちとか、まだまだ若かった……

「大丈夫ですよ。私のパートナーは、狭間さんだけですから」

「俺より仕事ができるとしたら？」

「……大丈夫ですよ。狭間さんだけですから」

「今の間なに⁉　めっちゃ気になるんだけど！」

「冗談ですって♪」

彼女がめちゃくちゃいたずらっぽい顔をした。少し意地悪な顔。そんな笑顔が彼女にはすごく似合っていた。

さて、この可愛い社長様とまずは、何から始めようか。俺の心はワクワクでいっぱいだった。

幸せな朝　―書籍購入特典書下ろし―

「狭間さん、おはようございます」

「――おはようございます」

チャイムが鳴ったのでドアを開けたらさやかさんがいた。昨日の話では「週末はゆっくり過ごしましょう」とのことだったので遅くまで寝ていたのだが……。まさか さやかさんが部屋までお越しに来てくれるとは。彼女には少し待ってもらって慌てて着替えだけして一緒にエレベーターで2階のリビングに向かう。

まだ少し眠たくて目を擦る俺の腕に さやかさんが腕を絡めている。一気に目が覚めるな、こういうの。照れているのを悟られるのも恥ずかしいので できるだけ冷静を装った。

「今日はどうしたんですか？」

「朝食を作ります♪」

「え？　さやかさんが？」

「はい♪　本当はゆっくり寝かせてあげたかったんですが、どうしても早く顔が見たくなって……」

そんなことを言われて悪い気がする男がいるだろうか。彼女のちょっと恥じらった表情も可愛い。

俺は高鳥家のいつもの2階のリビングに連れてこられた。そして、いつもの背の高いテーブルの方に座っている。なぜか、さやかさんが椅子を引いてくれて、着席を促されてしまった。甲斐甲斐しいし、いちいち可愛いなぁ。

「もうちょっと待ってくださいね～」

「あ、はい」

さやかさんは、キッチンでせかせかと何かを作ってくれている。彼女のすぐ横には東ヶ崎さん。とりあえず、俺の前にはコーヒーカップに注がれたドリップコーヒーが出されていておいしくいただいている。コーヒーはいいのだけど、気になるのはキッチン内。

さやかさんも東ヶ崎さんもエプロンを着けていて、キャッキャ言いながら朝食を作ってくれている。それだけでなんだか二人は姉妹みたいで微笑ましい。エプロンというと、正面からの姿をイメージするかもしれないけれど、ここから見えるのは後ろ姿。

だが、俺は強く言いたい。「エプロンは後ろ姿こそいい!」と!

さやかさんのスカートは短く、正面から見たらエプロンしか見えないかもしれない。ただ、後ろから見たら、エプロンの裾よりスカートの裾の方が短くて、エプロンの切れ目にミニスカートと長い足が見えて……ダメだ。朝っぱらから邪《よこしま》な目でしか見れない。

さやかさんの場合、いい意味でエプロンが似合っていない。違和感があるというか、ぎこちないというか、それなのにエプロンを着けて料理をしてくれている姿が見られるというのは眼福眼福。

……きっと俺は変態だな、割と自信がある。

東ヶ崎さんも年齢は分からないけれど、かなり若いだろうなぁ。料理はおいしいし、手際もいい。エプロン姿も似合っている。さやかさんに料理を教えながら作っている姿はお姉さんのようだ。とてもいい。美女二人がキッチンで俺のために朝食を作ってくれているという訳だ。多分俺は今日本一の幸せものだろう。

＊

「お待たせしました。召し上がれ♪」

程なくして、料理が載せられたディッシュプレートが俺の前に出された。そして、さやかさんは気持ちいいくらいのどや顔だ。

底が浅い木皿みたいなディッシュプレートの上には、サクッと焼き上げられたトーストが2つにカットされて載せられていた。その他、スクランブルエッグ、ソーセージ、スライスチーズ、レタスとスライストマトのサラダが載っている。完璧な朝食だ。さやかさんのどや顔も納得できる。

テーブルの席には俺の他にさやかさん、東ヶ崎さんがついている。そして、二人して俺が食べ始めるのに注目している。……ちょっとだけ食べにくいんだけど。きっと俺の笑顔は固まっているだろう。

「い、いただきます」

「はい♪」

二人ともそれぞれ自分の前に置かれた同じメニューには手を付けず、俺に注目している。精神的プレッシャーにも負けず、トーストとスクランブルエッグをナイフで少し切って口に運ぶ。

――もぐもぐもぐもぐ。

「うん、おいしい！」

「ホントですか⁉」

「よかったですね、お嬢様」

満面の笑顔でその場で飛び跳ねそうな勢いのさやかさん。妹の活躍を褒めたたえる姉のような東ヶ崎さん。

東ヶ崎さんって さやかさんのことを「お嬢様」って呼ぶんだっけ？

朝食は焼きすぎて焦げていたり、逆に生焼けだったり、マンガとかでよくあるお約束のような失敗はなく、ちゃんとおいしい。スクランブルエッグの味付けも あっさりしているけど、物足りなくない。俺好みの味かも。これはバターが利いているのかな？　さすが、東ヶ崎さんが横で監修してくれているだけのことはある。

「どうしたんですか？　突然、朝食を作ってくれたりして」

いつもは東ヶ崎さんが朝食を作ってくれている。さやかさんが作ってくれるのは初めてだろう。

「今まで、お料理に興味がなかったっていうか……食べさせたい相手がいなかったんだと思うんです。東ヶ崎さんが作った方がおいしいし、わざわざ自分で作る必要ないと思ってたっていうか」

なるほど、一理あるだろう。東ヶ崎さんの料理は本当においしい。俺は専門の家政婦さんだと信じて疑わなかったほどだし。それなのに、わざわざ俺に作ってくれたということは、俺を喜ばせたいという気持ちからなのだろう。

「これ、ホントにおいしいよ」

「やっっっっったーーーー！」

座ったまま その場で拳を引くタイプの渾身のガッツポーズで喜ぶさやかさん。こんなに一生懸命作ってくれたのならば、少々粗削りでもおいしいと言おうと思っていた。でも、これは本当においしい。ホテルで出てきても１５００円くらいするだろうし、彼女たちが作ってくれたと考えたらプライスレスだ。

「狭間さん、私がバイトを始めた理由って、いろんなものに興味がなかったからって言ったじゃないですか」

「そうだったね」

そう、さやかさんは、欲しいものは大抵買ってもらえる環境で、可愛くて容姿にも恵まれ、成績も良くて、友だちも多いというチートを絵にしたような子だ。

だからと言って全てが満たされてる訳ではなかったらしい。社会を知るためにバイトを始めたと言っていた。社会の「一般」を知ることで自分がいかに恵まれているのか知ることになったのだろうけど、幸い野菜を扱う仕事に興味がわいたらしい。

「お料理が楽しくて！　おいしいものを作りたくなりました！」

「それは嬉しいなぁ。俺、食べる役〜」

「もちろん、狭間さんに『おいしい』って言わせるために作るんです！」

軽口を言ってみたのだけど、意外に本気でそう思ってくれているらしい。「ありがと」と照れ笑いしながら俺が答えたのを、ニマニマしながら東ヶ崎さんが見ているのを俺は見逃さなかった。そんな目で見ないでくださいい……

「『おいしい食事を作りたい』って考えたら、『健康的な食事』とか『安全な食事』とかって意識がいって、改めて安全でおいしい食材を扱う森羅のお仕事って大事だなって思ったんです。あと、農家さんを助けたいっていう狭間さんの考えにも益々意味が分かったっていうか！」

俺はそれほど深く考えてなかったけど、一人で考えて一人で興味を持ってくれたのならば、彼女は優秀だ。

「ここのところ、色々興味が出て来ちゃって、色々やってみたいんです！　色々見て、実際にやってみて、自分ができることを見つけたいんです！」

すごい前向きだ。そして、笑顔がすごくいい。いつもの意地悪そうな笑顔はどこへやら。これも彼女には似合っている。

「あ、農家さん回りも再開したいので、狭間さんも付き合ってもらいますよ！　社長命令です！

拒否権はありませんから！」

　株式会社さやかは、パワハラがすごい。ただ、俺がこれまでされてきたパワハラとは全く性格が違う。俺は彼女のやりたいこと、求めることを何とか実現してあげたくてしょうがない。多分、全力で叶えちゃうんだろうなぁ。

　なんとなく東ヶ崎さんと目が合ったら、ニコリとしていた。まるで俺の思考が全て彼女に読み取られているかのような笑顔。そんな満面な笑顔で……

「今日はデートしましょう」

　少し照れながら提案する彼女様。俺は嬉しくなって次の一言を聞き逃してしまった。

「あとは、会社の方針も決めないといけません」

　この一言を。


　――そして、この一言を聞き逃したばっかりにここからすれ違いの会話が開始してしまうことになる。


「まずは、（会社の）大まかなテーマみたいなものを決めないといけません」

　テーマ？　デートにそんな大仰なものが必要なのだろうか。さやかさんは真面目だな。もっと気楽にデートを楽しめばいいのに。

「じゃあ、それは『さやかさんが楽しむ』しかないんじゃないでしょうか」

「いいのでしょうか？　それで……」

「もちろんですよ！　逆に（デートは）さやかさんのためのものですから！」

「ありがとうございます。でも、狭間さんや東ヶ崎さんも楽しんで欲しいんですけど……」

東ヶ崎さん？　なぜ彼女がここに出てくるのか。なるほど、今日のデートは彼女も一緒に連れて行きたいということだろうか。東ヶ崎さんも美人だから三人で歩いていると注目度がすごいし、周囲の嫉妬の目がちょっと痛いけど、それさえ耐えれば後は良い事ばっかりだ。

「まずは、さやかさんに楽しんでもらわないと。そしたら、俺も楽しいですし」

「狭間さん……」

きっと東ヶ崎さんも同じだろう。彼女のことだから。

「（まずは一人にターゲットを絞る『ペルソナマーケティング』ですね！　顧客のターゲット層をどこに持って行くか迷っていましたが、等身大の私ということでいいのか！　それならすごくイメージ付きやすい！）」

そんなことを さやかさんがぶつぶつ言っていたが、俺には聞こえていなかった。

「じゃあ、もう少し具体的に（会社として）何をしましょうか？」

「ちょっと足をのばしておいしい物でも食べに行きますか」

「『食』！　たしかに森羅の事もありますし、『食』は大事ですよね」

随分硬い言い方だなぁ。

「他は何かありますか？　何か楽しいこともしましょうか。食べてばかりだとナンですから、なんか楽しいこともしましょう」

「エンターテイメント！」

「そうだなぁ、ちょっとした運動的な？」

「そうですね！　食べてばかりではダメなんですよね。食べて、運動して、生活して……うん、なるほど。見えてきた！」

さやかさんが何故かすごく気合が入っている。デートってそんなに気合を入れて行くものだっただろうか。

「そうだなぁ」

今度はそう言いながら、さやかさんが部屋の中をうろうろし始めた。少し上を向いて何かを考えているようだ。デートってそんなに悩む要素あったっけ？

「そうだ！　狭間さんできました！　聞いてください！」

「？　はい」

何かを突然閃いたようだ。

「経営理念は『株式会社さやかは、食の文化を追求し生活に潤いとエンターテイメントを提供します』に決めました！」

「突然 経営理念⁉」

たしかに会社を始めるにあたって経営理念や社是は必要だ。どうするか迷う様な場面でも、どのような考えに基づいて会社は運営されるかを考えることで正しい判断をすることができるようになる。でもなぜデートの前にそれを思いついたの⁉

「このところずっと考えていたんですが、すっきりしました。これで安心してデートに行けます」

「それはよかったです……？」

「じゃあ、着替えてきます！」

ご飯を食べ終わった さやかさんが自室に戻って着替えてくるらしい。

俺たちの会話を聞いていた東ヶ崎さんが必死に笑いを堪えているようだったけど、一体何があったのか？ 間違いなく俺たちは今日どこにデートに行くかと何をするかを話していたはずだ。そして、今日は東ヶ崎さんも一緒にデートに行くんだったな。

「東ヶ崎さん、洗い物は俺が代わりますんで、着替えて来てください。一緒に出かけましょう」

「……いいのでしょうか？ お嬢様は絶対 狭間さんと二人で出かけると思っていますよ？」

「そんなことはないですよ。たった今 東ヶ崎さんも一緒に出掛けるって話をしたばかりですから」

「でも……」

「いいからいいから」

そう言って、洗い物を代わる俺だった。

その後、三人で出かけたのだけど、さやかさんの頭の上に巨大な「?」がにゅるーっと浮かんでいた。

あとがき

どうも、猫カレーฅ^•ω•^ฅです。今回の「ポンコツクビ」は私の商業出版の記念すべき第1作目です。

ライトノベルにおいて、いわゆる「異世界もの」は人気ジャンルです。そういった意味では当作は、異色の作品と言えます。本来なら、ニーズがあるところに向けたコンテンツを準備するのがビジネスの基本だと思います。しかし、私はある時思ってしまったのです。「異世界物は現実世界からの逃避である」と。辛い日常から逃避するのは悪い事とは思いません。しかし、そればかりでは寂しいではないですか。異世界ものの醍醐味は未知の世界の疑似体験だと思います。今の現実世界とは全く違う世界を知ることが楽しいのです。それは知識欲で、異世界物が流行るずっと前から存在していた人間のプリミティブな欲求です。それならば、現実世界でもとてもマイナーな世界を描けば異世界と同様エンターテイメントとして成立するのではないか、そう考えたのです。現実世界ですごくマイナーな世界。多くの方がその存在すら知らないけれど、確実に私達の生活を支えてくれている存在。そんな世界があることを知るだけでそこに興味を持ってくれる人がいるかもしれません。そう考えるとすごく前向きじゃないですか。だからこそ、私は現実世界のお話に挑戦したいと思ったのです。

出版にお力を貸してくださった日本橋出版様はとても寛大で、無名作家の本であるにもかかわらずとても自由にさせていただき、この本は私が思った通りにすることができました。日本橋出版様にとってもライトノベルというジャンルの本はあまり多くは扱っておらず挑戦的な要素はあったのではないかと推察します。

つまり、この本の売れ行きが2巻以降の出版に大きく影響します。ぜひ、お友達にも勧めていただければ幸いです。次の巻のあとがきでまたお会いできることを願っております。

【著者】

猫カレー ฅ^•ω•^ฅ
ラブコメ専門のラノベ作家。

元機械設計者であり、地域情報誌ライター、kindle 作家グループ「一筆啓上」主催。

個人出版の「人間不信の俺がエロいお姉さんと付き合い始めたら元カノがめちゃくちゃやきもち妬き始めた」は、発売直後に amazon 新着ランキング 1 位獲得、売れ筋ランキング 3 位獲得（日本文学研究部門）、その後半年間売れ筋ランキング 100 位以内を維持し続けている。

【ポンコツクビについて】
大手 WEB 小説サイトで 273 万 PV 超え（2023 年 4 月現在）
ラブコメ部門：日間 1 位　週間 1 位　月間 2 位　年間 20 位獲得
総合ランキング：日間 3 位　週間 3 位　月間 8 位獲得
イラスト：GAMING
キャラクターデザイン：UG

ポンコツ扱いされて仕事をクビになったら会社は立ち行かなくなり元カノが詰んだ
2023 年 6 月 7 日　　第 1 刷発行
著　者――― 猫カレー
発　行――― 日本橋出版
〒 103-0023　東京都中央区日本橋本町 2-3-15
https://nihonbashi-pub.co.jp/
電話／ 03-6273-2638
発　売――― 星雲社（共同出版社・流通責任出版社）
〒 112-0005　東京都文京区水道 1-3-30
電話／ 03-3868-3275

ISBN 978-4-434-32099-6